レジェンドノベルス
LEGEND NOVELS

JK無双 3

終わる世界の救い方

contents

ＪＫ無双　３

終わる世界の救い方

プロローグ　少女Aインタビュー

【都内。私立雅ヶ丘高等学校を中心とするコミュニティ。

これまでいくつかの避難所を巡ってきたが、ここの人々は比較的明るく、陰鬱な雰囲気はない。

取材班は、少女Aさん（匿名希望）にインタビューを行う。学校指定の赤いジャージを身につけたその女子高生は、校舎屋上に太陽電池パネルを運び込みながら、取材班の質問に答える。】

――どうもお疲れ様です。

うーい。ちょりっす。

――先日、お約束した件で伺いました。

（Aさん、若い娘が持つには重すぎるであろう資材を壁に立てかけ）おっけおっけ。あたしらもここで起こっていること、少しでもたくさんの人に知らせたいしさ。

――助かります。

それで、どこから話せばいいかなぁ？　ゾの字が最初に渋谷に現れた、あの日から？

――ゾの字？

〝ゾンビ〟のこと。身内に流行らせようと思ってんだけど、うまくいかないんだわ。

――ああ、そうですね。ではその前後の話を重点的にお願いします。

あのときは、……そぉだなあ。あたし、かなーりしんどかった時期かも。けっこうマジメにアオハルキメてたからさ。うつ病っていうのかな。まぁ、あのころにはありがちだけど、男の子のことでね。同じ学年の、和田くんって子に迫られてたの。ラグビー部のマッチョ系。

——彼は、いま……？

知らない。たぶんどっかで死んでんじゃね？

——ご愁傷様です。

ってほどでもないんだ。やっぱ、ノリで付き合う男の子って決めちゃダメだよねー。彼、好きピ（恐らく恋人のこと）はいつでも乳揉めると思ってるタイプでさ。メチャクチャだった。今思えば、なんであんなのと付き合ってたんだろって感じ。

——あの日、テレビのニュースはご覧になられましたか？

それな。時々言われるんだけど、ぜんぜん観てなかった。……だってそうじゃね？　こちとら、学校に行くたびに性欲の権化みたいな彼ピ（笑）と会わなくちゃいけないんだからさ。他の子だってそう。それぞれがそれぞれの問題を抱えてた。今となっちゃあ、何もかもどーでもいいことだったかもしれないけどね。

その、〝どーでもいいこと〟に夢中だったんだよ。あのころは。

——〝終末〟が起こったことは、いつ知りましたか？

あの日はバレー部の朝練に出てて。もうとっくに引退してたけど、時々、遊びでね。

——練習が終わるころには、世界がひっくり返っていた？

うん。あたしら、何も知らなかった。クラスの仲の悪ぃ子の話とかしてさ。そしたら突然その、話題になってた子――君野明日香が体育館に入り込んできて、叫ぶんだよ。「すぐ校舎に避難して！」ってね。弟者が実況してるゲームみてーに、死人が起き上がって人を喰ってるからってさ。

もちろんそのときはみんな、無視よ、無視。馬ッ鹿じゃねーのって。

ぶっちゃけ明日香のやつ、クラスじゃ人権なかった。あいつ、浮いてたんだよ。アニメ声でちょっとカワイイからって、ガチで声優志望してたりしてさ。こちとら、JKブランド生きてるうちに遊んだろうって時期に、ボイトレ通ってたってんだから、そりゃ友達もできんわ。


――しかし、その明日香さんの忠告の後、間もなくして〝ゾンビ〟が侵入してきた？


ん。だから、最初のエンカは体育館。準備運動終わらせて、顧問の北沢先生と一緒にトスの練習してたんだ。っつってもうちらの部活はエンジョイ系だから、そんなに厳しくはやらない。まったりムードで（Aさん、軽くフォームを作って）ボール遊びって感じ。

そんな中、ぶらっと一人のおっさんが体育館に入ってきたんだ。

身長は百九十くらいだったかな？　がっしりとした体格に、ランニングシャツを着込んでて、左肩にはくっきりと噛み傷。二の腕には蒼い血管がくっきり浮き出てた。生きてたときは絶対、ナルシスト系のゲイ。

とにかく、そーいう感じの野郎があたしらのところまで、よろよろと歩いてきてさ。

もちろんあたしらみんな「変態が出た」って思ったね。

まず対応に出たのは、顧問の北沢。犠牲者も北沢。

先生、キリッと侵入者の対応しようとしたけど、すぐにガブッ。

正直、ホラゲ実況よく見てたのはよかったな。あたし、すぐに何が起こってるかわかったんだ。

——その後は校舎内に避難を？

いや。あたしらまず、ぐしゃぐしゃに泣きはらしながら更衣室に戻ってさ。いったん制服に着替えたんだ。ちゃんと上靴を履き替えてね。今思えばノンキな話だけど、そのときのあたしらは混乱していたし、学校から出るときはちゃんとしてなくちゃいけないって思い込んでた。

——学校を出た？　家に帰ったのですか？

家族が心配だったんだ。生まれてすぐの弟もいたし。お母さん、産後うつ気味だったから。

——では、家族ですぐ高校に避難を……？

いーや。そうは問屋が卸さなかった。家はあっちゅー間に〝ゾンビ〟に包囲されて、あたしらはにっちもさっちもいかなくなったんだ。

しばらくの間は、冷蔵庫の中のモンで凌いだね。

最終的にはもう、塩なめたり、出汁とるための昆布まで囓ってる状態。

困ったのは親だよ。パパもママも完璧に気が変になりかけていて、最終的にはこの子（赤ん坊の弟）を喰わなくちゃいけなくなる、みたいな。いやマジで。笑えなかったね。もしそうなってたらあたし、まずあのクソ親父からぶっ殺して喰ってたよ。たぶん。

——では、なぜ助けられた？

それがねー。……助けに来てくれたのは、……例の君野明日香だったんだ。

明日香のやつ、二、三十四ぐらいの〝ゾンビ〟なんか、あっという間に片付けちまって。

いじめられっ子のあの子が、スーパーマンになって帰ってきたってとこ。

あたし正直、嬉しいやら怖いやらで。しばらくはあいつを信じられなかった。

避難所に行ったら、きっといじめられるって思ったんだ。きれーに立場が逆転してさ。

あいつにはそれをする権利もあったと思う。もしあたしだったら、たぶんそうしてたし。

でも明日香の奴、弟のためにすぐ、離乳食を用意してくれて。

それで、「怒ってないの?」って聞いたら、「怒ってる」って。

でも、……なんだっけ……芸のナントカになるからって……——。

——芸の肥やし?

うん。「芸の肥やしになる経験だった」って。世界がこんなふうになっても、……。

——彼女は夢を諦めていない。

そういうこと。(Aさん、少し目尻を拭って)やる側より、やられる側のほうが、それを乗り越えたときに強くなれるって。自分の尊敬する役者さんはみんな、子供のころいじめられっ子だったからって。それで、許してくれたんだ。あっさり。

——強い娘だったんですね。君野さんは。

あたし、世界で一番の馬鹿だったな。あんなに頼りになる友達に、……ひどいことを……。

——ちなみにその、君野さんという方は?

戦ってるよ。いまも。みんなのために。

——なるほど。立派ですね。

だからあたしも負けてられないと思って。……力仕事。けっこう筋肉、ついてたんだよ。バレーやってたころよりね(Aさん、再びパネルを両手で抱える)。もうそろそろ、いいかな。

——結構です。本日はどうも、ありがとうございました。

男子高生編：その1

犬咬蓮爾の手記

二〇一四年十月六日

新しい朝が来た。

今日から日記を書こうと思う。しかも今どき、手書きで。

だいたい誕生日に親父が無駄にいいやつを買ってきたせい。革張りのすげー高いの。

簡単な漢字辞書つきで、一万五千円もしたらしい。アホか。それよりゲーム買ってくれ。

ただまあ、「思考の明文化は人生を豊かにする」って。

続くかどうかわからんけど、とりあえず書き始めてみる。

二〇一四年十一月十二日

……で、さっそく一ヵ月以上、間が空く、と。

まあ、それでも、なんとなく続けることが大事だと思う。


今日は特別、何もない日だった。

来年の受験が鬱（わざわざ漢字調べた）ってくらい。

あ、学校帰り、コウのやつとガストに。勉強のつもりが、ほぼ駄弁（だべ）るだけで終わる。

ピリ辛肉味噌担々麺（にくみそたんたんめん）の安定感がすごい。

二〇一四年十一月十八日

宿題消化のためマクドへ。

ちびっ子たちがスマブラで騒いでて勉強にならん。

お兄ちゃんのメタナイトと勝負すっか、あーん？

正直スマブラは前作で競技性に喧嘩（けんか）売ってるみたいな調整したせいで好きになれないんだよな。

〝ガチ〟とか〝エンジョイ〟とか、制作者側が遊び方を決めつけてる感じが気に入らない。

思うに、スマブラ勢の民度が低いのは絶対そのせい。好きに遊ばせろよって感じ。

二〇一四年十一月十九日

まさかの（？）二日連続日記。試しにね。

……といっても書くことはあんまりない。受験がうつ（漢字忘れた）だー。

二〇一四年十二月二十四日

クリスマスという地獄。

一週間前から女子の恋バナが耳に入る。なんでも、委員長の月宮（つきみや）に彼氏ができたらしい。

……ちょっと好きだったのに。

いまごろどっかの馬の骨とあれか。粘液の交換をしている感じか。

うわあああああああああああああああああああああ。

二〇一五年一月一日

日付が変わると同時に日記を書く。
一年の計は元旦にありというし、今日は勉強するかー。

二〇一五年一月二日

はい、これは寝正月コースまっしぐらですね間違いない。
積みゲー消化して休みを満喫。あとＦＧＯの周回。
ＦＧＯ、コウの勧めで遊んでるけどこれ、正直流行らないんじゃねーかと思う。
もってあと一年くらいかなー。

二〇一五年一月十五日

学校も始まって、忘れそうになったので日記を書く。
といってもネタはなし。
もうちょっとコンセプトを決めたほうがいいかなぁ。食い物のことばっか書く、とか。

二〇一五年二月二日

ゲームのことをつらつらと。

ＦＧＯ……とりあえず孔明引かないことにはなんともならんことに気づく。はよＰＵこい。

スマブラＤＳ……結局始める。やっぱおもしれえ。サークライ万歳！

そんくらい。

二〇一五年二月十七日

この日記も、わりと続いている。案外俺、文才あるのかな？

そのうち『小説家になろう』に投稿してみたりしようか。

今書いたらアレだな。なんとなくゾンビものとかになりそう。たぶんコウに『ラストオブアス』借りたせい。完璧にハマっちゃって、今ではスマブラと並行して、毎晩遊んでる。

二〇一五年二月十八日

ちょっと気が向いて、しばらくはがんばって日記書いてみようかと。

晩飯は帰宅組でラーメン。二郎（じろう）系。ニンニクの臭いが家族に不評だったけど味はそこそこ。

いちおう、リンゴジュースと緑茶がぶ飲みしといたから明日には響かない……はず。

帰り道、コウがえっちなお姉さんに誘われてたのが草だった。

老け顔だからな、アイツ。

二〇一五年二月二十日

よーやく今週も学校終わり。

小テストは地味に満点。ま、こんなとこよな（と、調子にのってみる）。

コウに古いエロゲが入ったＨＤＤを借りる。これで数ヵ月は暇つぶしになるんじゃね？

とはいえ今は『ラストオブアス』に集中するの巻。

キリンが出てくるとこでクッソ泣く。俺はなんでこんな大傑作を遊んでこなかったんだ。

二〇一五年二月二十一日

親が帰ってこない。

あれ？　って感じ。前も似たようなことがあって、そんときは確か、軽い夫婦喧嘩（？）的な奴だったと思う。その後、仲直りのセックスでもしたのかね。あの日は帰ってこなかった。

自分で言うのもなんだけど、思春期の子供の前でそういう雰囲気出すの、情操教育によくないと思うぞ。

二〇一五年二月二十二日

ええと。

落ち着け落ち着け落ち着け。

落ち着くために日記つけてるんだろ。よーしオーケー俺は大丈夫。

状況をまとめる。
・テレビがつかない。
・電気がつかない。

・ネットにもつながらない。
・親が帰ってこない。
・外に化物がうじゃうじゃいる。
そんな感じ。

落ち着け、俺。

落ち着けって文字を何回も清書して落ち着け。


あれ？　あれあれ？　俺がゾンビゲーに夢中になってたから？　天罰？　いや違うよな。

〝ゾンビ〟だけじゃなくて、なんかモンハンの敵キャラ（ドラゴン？）みたいなのもいるし……。

嘘(うそ)だろ。

二〇一五年二月二十三日
とりあえず親を待つ。

二〇一五年二月二十四日
息を殺して生活してる。
とりあえずマンションの扉が頑丈なことに感謝。

二〇一五年二月二十五日

扉を叩（たた）く音。
どうせゾンビだろうと思って期待しないで外を見る。
ゾンビだった。
父さんの。
鼻がカンペキに欠けていて、左目はぼろんと眼窩（がんか）からこぼれ落ちていた。
ちょっと冷静になれない。

二〇一五年二月二十六日

俺が覚えている、父さんの最後の言葉。
『その髪型、似合ってるぞ』つって。散髪に行った感想で。
なんだって最期に褒めるんだよ。
いつもの無駄な説教癖はどうしたよ。
自分でも信じられないくらい泣いてる。

父さんにもらった日記、できる限り続けたい。

二〇一五年二月二十七日

食糧がなくなってきた。

昨日から水で薄めた醤油を飲んでる。

母さんのことも諦めることにする。

二〇一五年二月二十八日

しばらく日記書けないかもなので、ちょっと長めに書きたい。

問題は、チーズだ。チーズを探さなくてはならない。

なんだっけ。現国の立花が話してたやつ。

チーズはどこいった？　みたいな。ベストセラーになった。なんかタイトル違う気がするけど。

ああくそ。今の状況じゃあ気軽にググることもできやしない。

でもまあ、いいさ。この手記は俺の気持ちのはけ口なんだから。

とにかく、動かなくてはならない。それだけは確かだ。

今こそ、学校の先生の言葉を信じて動くのだ。

現国の立花は、――なんつってたっけ？

変化のない生活は……要するに、ゆっくり死んでいくのと同じだってことだっけ。

それだけは避けたい。俺は、父さんと母さんが生きた証なんだから。

停滞してはいけない。生きる意味＝チーズを探さなければ。

遺書になるかもしれないので、なんか含蓄に富んだかっこいいことを書いて終わろうとしたけど、うまくいかなかった。やっぱり俺には文才がない。

二〇一五年三月一日

父さん母さん、俺、がんばったよ。本当にがんばった。人生で一番がんばった。

昨日は最悪だった。

作戦は悪くないと思ったんだ。

外にある電線を伝って、電柱から電柱に、ってさ。

いけると思ってた。

いや実際には行けたんだけどさ。思ったよりも百倍キツい。

そりゃそうさ。足元には、何百匹もの〝ゾンビ〟どもがこちらに手を伸ばしていたんだから。

電線を握る手には無駄に力が入ってて、お陰で指、じんじんしてる。これが明日までにちゃんと回復するかどうか、すげー怖い。

いま俺がいるのは、四ツ谷駅（よやえき）の方角。ゾンビどもがいない方向に動くべきかと思ったんだけど、これはしゃーない。


クラスの女子に会ったらうまいこと口説いてセックスしたいな。

多少無理矢理になってもいい。本物の子作りがどういうものなのか知りたい。

セックスってどんなものなんだろう。

あれって本当に、漫画の中で描かれるような素敵なことなのだろうか。それをするだけで俺も、自分の人生を反故にしてでも誰かのために尽くすことができるようになるのだろうか。

今になってマジで思う。童貞のまま死ぬのはいやだ。

生々しくて汚らわしいことかもしれない。

でもそれが俺の正直な気持ちなんだ。この手記には俺の正直な気持ちを書き記しておきたい。

二〇一五年三月二日

駅周辺のビルに移動。

そこで、こうなってから初めて人間と出会った。

父さんくらいの年齢の男の人で、くたびれたスーツ姿でビルの屋上に立っていた。

勇気を出して彼に声をかけると、ものすごく嬉しそうにこっちに手を振って……そのまんま、ビルの縁から飛び降りて死んだ。

おっさんが何をしたかったのかはよくわからない。

おっさんの死体には、大量のゾンビがわっと群がっていた。


この世界は完全に壊れてしまっている。

二〇一五年三月三日

さっき、初めてゾンビを殺した。

つるっつるにはげた年寄りのやつで、頭には染みがいくつかできていた。

俺は、一晩かけて尖らせた傘の先端を、そいつの後頭部に思い切りぶっさしてやったんだ。

なんでか二度三度刺さなきゃ死なないものだと思ってたけど、一回で事足りたのはよかった。ってかそもそも、一回ざくっとやったら傘、ぜんぜん抜けないでやんの。一瞬半泣きになった。

心臓がばくばく跳ねていて、未だに収まらない。

ただ、殺しのコツは摑んだ。我ながら、意外と才能があるのかも。ちゃんとした武器が手に入れば、もっとうまくやれそう。

この調子で明日はどっかのコンビニに逃げ込む。

できれば一人きりで、この騒ぎが収まるまで安全に隠れられる場所がいい。


もしコンビニに逃げ込むことができたら、持ってきた携帯ゲームでもやって遊んでいよう。

少なくともその場所の、——食糧がなくなるまで。

何日でも。何日でも。

俺の名前は犬咬蓮爾。

もしこの日記を拾う人がいたら……、
ああいや、やめよう。縁起でもない。ホラゲに登場するフレーバーテキストになってたまるか。

俺は生きる。絶対に生き抜いてやる。

二〇一五年三月四日

安全地帯に到着。例のコンビニ……というわけにはいかなかったが、駅前、茶色いビルのオフィスの一つ。

食い物は〝ゾンビ〟がいないうちにさっと運び込むことに成功した。

階段は椅子とかでバリケードを構築。

ここをキャンプ地とする！　なんつって。

二〇一五年三月九日

一週間ほど、ばたばたしてた感じ。今は寝る前にさっと筆を走らせている。

とりあえず、例の安全地帯にいるまま。

そこでちょっと、奇跡みたいなことが起こった。


月宮に会った。ぼろぼろの格好で。

どうやら、例の彼氏と渋谷デート中に例の事件に巻き込まれて……何日もかけてようやく帰ってきたところっぽい。

学校ではいつもみんなの中心にいたあいつが、ぐしゃぐしゃの泥と血まみれ。

正直、見た目はかなりキツくなっていた。

あいつはしばらく怯(おび)えていたけど、飯を与えるとようやく落ち着いて。

内心、胸がばくばく弾んでた。月宮とエッチできたら最高だって。

でも、ふと気がつけばあいつ、ビルの屋上から飛び降りて自殺しちまった。

遺書もなかった。

たぶん、〝ゾンビ〟どもに魅入られちまったんだろう。

あいつら、いつだって俺たちに物欲しそうな顔を向けやがるもんだから。

月宮のやつ、人の期待には応えずにはいられないタチだったし。

畜生。

二〇一五年三月十日

月宮の件、自分でも意外なほど気に病んでいない。

結局彼女のことなんて、それほど好きじゃなかったのかもしれない。

テレビの中に登場するアイドルを応援してる気分だったのかも。現実感がなかったんだ。

なんにせよ親父が死んだとき、涙は涸(か)れてしまった。

二〇一五年三月十二日

備蓄していた食料の中から、サラダばかりやたらと喰う。

そのほとんどが腐りかけていたためだ。

もちろん、これっぽっちもうまくはない。ドレッシングは酸っぱいし、トマトはなんだかぐにぐにしている。とはいえ食糧を無駄にはできない。我ながらよく食い切ったものだ。

今日という日をサラダ記念日と名付けたい。

ここんとこ、楽しいことが何一つない。

このままでは気が狂う自覚がある。
せめて話し相手がほしい。誰でもいい。男でもいい。おっさんでもいい。

二〇一五年三月二十日

いったん家に戻ることにした。
一度あっちから来れたんだから、そりゃ戻れるだろうってことで。
俺の想像は正しかった。あのあたりは意外と〝ゾンビ〟が少ない。

二〇一五年三月二十一日

で、家。
携帯ゲームを全部リュックに詰める。
〝終末〟後、最強のプロゲーマーになるためだ。

あと、最後にコウからもらったエロ本で抜く。
オナニーが　したかった　ためです。

二〇一五年三月二十五日

そろそろ、単体で襲ってくる〝ゾンビ〟くらいならなんとか対処できるようになったと思う。
ゲームで言うと「レベルが上がった！」ってとこかな。

一番柔らかいところは眼球だが、そんなん十数度に一度のクリティカルヒットだけ。それだけ、動いているものを点でとらえることは難しいということだ。

漫画で読んだことがある。プロの格闘家であっても、対人戦で正確に目を突くことはほとんど不可能に近いって。

何度か〃ゾンビ〃の死体をあちこち刺して、最も力を入れずに済む場所を研究したりしたが、結局はまあ、重たい刃物で頭を真っ二つにする感じで仕留めるのが手っ取り早い。刃物はなるべく使い捨てにすることが望ましい。武器に固執して、返り血が身体に付着する恐れがあるためだ。この状況、なるべく清潔さを保つことが重要。

俺が学んだ、ゾンビ・アポカリプスを生き抜くコツはそれくらい。

あとはなんとなく、アドリブで生きてる。

二〇一五年三月二十七日

電線を伝ってぶらぶらと進むモンキー。それが今の俺。

だが慣れたもので、わりと生活には困らなくなってきた。

近所の空き家を巡って、外部バッテリーをゲットできたのはウマい。

しばらく充電には困らんな。

二〇一五年四月一日

エイプリルフール。……に、信じられないものを見た。

なんか……魔法みたいな力を使って〝ゾンビ〟を倒していく男だ。

魔法。

正真正銘の魔法だ。

あるいは奴がこの事態を生み出した元凶かと思って見ていたが、なんか急にガス欠みたいになって動けなくなり、それからすぐ〝ゾンビ〟どもの餌食になった。

あるいは全部、俺の妄想だったのかも。でも、嘘はついていないつもりだ。

二〇一五年四月十日

何ごともなく暮らしていけている。安全地帯に身を潜めていれば、〝ゾンビ〟の鳴き声も、母親が赤ん坊をあやすよう。

だが、そろそろ物資の豊富な場所に移動すべきかと思う。

駅構内にあったはずのコンビニ。

あそこの鋼鉄のシャッターを下ろせれば〝ゾンビ〟を完全にシャットアウトできるはず。

二〇一五年四月十三日

驚くべきことに、一度見かけたモンハンの敵キャラみたいなやつ（空飛ぶドラゴン）が飛来して、気まぐれにあたりの〝ゾンビ〟を始末していった。

いま駅前は、真っ黒焦げの死骸が転がってるだけ。

神が与えたチャンス、と考えるべきか。日記書きながら見定めてる。

よし。いこう。

二〇一五年四月十四日

作戦は大成功。

途中、ビックカメラに寄ることすらできた。軽く〝ゾンビ〟と追いかけっこになったが、夢の100%オフセール。最&高。

とりあえず新作ゲームを片っ端から、あとバッテリー類と電池、予備の3DSも。

んで、いまはコンビニに移動して、薄明かりを利用して日記書いてる。

独り占めにしたコンビニの食料は……もう、数ヵ月分は余裕！

とりあえず、〝ゾンビに見つからんうちに〟シャッターを閉め、一部の物資を冷暗所に保存。

その後、段ボールで外からの視線を断ち、従業員用の休憩室を改造して寝所を作った。

あっという間に、俺のための要塞が完成だ。ここがサンクチュアリか。

飯はとりあえず腐りそうなものから順番に喰っていくことに。

今日食べたのは、シーザーサラダととんかつ弁当。それに牛乳。

久々に腹一杯喰った！

しばらくのんびり過ごすぞー。

二〇一五年五月十日

サンクチュアリに到着してから、かなり自堕落に過ごしている。

我が人生で、ここまで怠惰に過ごした日々があっただろうか。いや、ない（反語表現）。

なんとなく、身動きする気になれないんだよなー。

あっちこっち放浪して、ようやくこの場所にたどり着いたが、失敗だったか。

俺はまだ、チーズ＝生きる意味が何かもわかっちゃあいないのかも。

それでも、楽なほうに流れてしまうのは人間の性（さが）、というか。

二〇一五年六月一日

日に日に暖かくなってきた。暮らしやすい。

生活が楽になっていくとわかっているのに、なぜここを動かなくちゃいかんのか。

二〇一五年六月十一日

汚い話。

コンビニの中に便所があって、そこで用を足してるのだが、もちろん水洗は機能しない。

そのため、出したモノは全部、便所の中に放置しているのだが、いよいよ中身がえらいことになりつつある。

場合によっては、出したモノを外に捨てる必要があるかも。

二〇一五年六月十三日

〝ゾンビ〟がいないタイミングを見計らって、出したモノを全部、コンビニの外に放り出す。

それが失敗だったのだろうか。

その後、なんかこのあたりに〝ゾンビ〟が集まってきてる気がする。あいつら臭いを判別することができるのだろうか。あるいはなんかの偶然か。

数匹くらいならうまいこと躱す自信があるけど、下手に集まってこられると詰むかもしれない。

目を覚ますと〝ゾンビ〟に囲まれてる夢を見る日が増えてきている。

二〇一五年七月六日

ゲームたのしい。

もう、死ぬまでここにいていい気がしてきた。

そーいや、先生こんなことも言ってたな。

「人間、楽なほうになんとなく流れていく生き物」だって。

だから受験がんばれよって。

あーあ。

二〇一五年七月十八日

ぼけーっとポケモン周回してる。

もう自分でも何が面白いのかよくわからん。ゲームをクリアするたびにデータをリセットし、最初からゲームを始めてる。その結果、何百匹ものポケモンが消滅した。

最近では、色違いのレア個体を見かけるたびに複雑な気持ちになる。それを自慢する相手も、今の俺にはいないんだから。

最近、気づいたことがある。

ロールプレイングゲームというものは、余計なレベル上げを行わないほうがよっぽど愉しいんじゃないかな。

そもそもゲームというのは、基本的に難易度が高いものをクリアしたときのほうが、より達成感を得られるものだ。

〝レベル上げ〟は、その難易度（＝達成感）を下げる行為じゃないか（眠いので明日に続く）。

二〇一五年七月十九日

（昨日の続き）

この事実に気づいた瞬間、世界が大きく広がった気がしたな。

最近ではもう、ジムリーダーの平均レベル以下じゃないと勝負する気にならねーもん。

もちろん、勝率はアホみたいに低いけど。

それでも、何度も何度も全滅しても、何度も何度もやり直せばいい。

この世界での命は、実質無限にあるんだから。

何度も何度も。

何度も何度も何度も何度も。

何度も何度も何度も。何度も何度も何度も何度も。
命がいくつもあるって最高だよな。
現実の俺は、一度でも噛まれたらゲームオーバー。セーブポイントからやり直せない。

二〇一五年七月二十日

最近、少し病んでる気がする。同じゲームばっかりやりすぎたせいかもしれない。
ちょっと気持ちを変えて、今日から別ゲーをやろう。
邪悪な魔法使いにより生み出された〝魔王〟を、〝勇者〟がやっつける王道もの。
タイトルは、『終わる世界の救い方』。

二〇一五年七月二十一日

魔王がどうこう。勇者がどうこう、と。
王道特有のストーリー。
今、二番目のボスを倒したところだ。なかなかいい展開。
一周目は素直に遊んでいるが、いちおう寄り道は最小限度に済ませている。
下手なパワーアップイベントを経験してしまうと、ゲームがつまらなくなるだろうし。
無双系で遊ぶのは二周目以降でいいかな。

二〇一五年七月二十一日（続き）

仲良しパーティから、予定調和的に主人公が離脱する展開。

なんとなく雰囲気を察してあらかじめ装備を外しておく有能プレイ。連中の装備を全部売って当面の資金を確保しよう。

勇者の冒険に寄り道などしている余裕はない。

だってそうだろ？　今も〝魔王〟が人を殺し続けてるんだから。

〝勇者〟が一日怠けるごとに、邪悪な魔物による死傷者は出続けている。

それなら、アホみたいに雑魚敵倒して宿屋で回復……なんてやってる暇はないはずじゃないか。

正義を執行するための旅が、和やかで楽しくあるはずがない。

彼らは心のどこかで、いつも気にかけているはずだ。

自分の行動が、本当に最適解かどうかを。

世界に光をもたらす唯一の希望は、自分一人だけなんだ。

失敗は許されない。

俺は、——俺はきっと、そんな旅には

二〇一五年七月二十二日
昨日、日記を書いてる途中だろうか。事態が急速に進展する出来事が起こった。
これから書くことには少し、丁寧な描写が必要だと思う。

男子高生編：その2　ぼうけんのはじまり

二〇一五年七月二十二日（続き）

たぶん、これはもう俺の個人的な日記で済ませていい話じゃない。

この一件、あるいは人類の歴史の中でも、かなり重要なことになるんじゃないか？

だから俺は、物語の語り手として自身の経験をできるだけ子細漏らさず書き残すと決めた。

なお、ここに書かれたことは、とある装置に記録されていた映像を参考に文字おこししたものであるため、かなり正確な記録であることを保証しておく。

＊

がたん、ごとん！　という異音。

それがすべての始まりだった。

びくりと全身を跳ねさせて、ニンテンドー３ＤＳを静かに閉じたことを覚えている。

地下。電気の通わぬ空間で、俺は全身にぷつぷつと汗をかく感覚に襲われながら、

（……〝やつら〟か？）

そう思った。

コンビニのガラス壁はほぼ完全に段ボールで覆っていたから、ヤツらがこちらに気づく可能性は

少ないはずだが。

小便をちびりそうになりながら、段ボールや雑誌、新聞紙などで作った即席の小部屋から這(は)いずり出る。

泣きそうな気持ちを奮い立たせて、シャッターの閉まった窓から、外を見た。

……。

…………やっぱり。

そこにいたのは、歩く死者。映画やゲームなんかで登場する怪物。

〝ゾンビ〟。

だが今、俺の目の前にいる存在は、空想の産物ではない。

目の前にいる怪物は、ふらふらと当てもなく暗闇を歩いていた。

かなりガタイのいい個体だと思う。俺は知っていた。こういうタイプは、生きていたころの倍以上の力でもって人間を引き裂くのである。

これまで、何匹かの〝ゾンビ〟を始末してきたが、この手のタイプはヤバい。たいていの〝ゾンビ〟は、対処法さえわかれば殺すことは難しくないが、こういう、元マッチョマンタイプのやつは危険だ。まともにやりあってはいけない。足も速いので、追いかけっこですら危険だ。

俺は背筋を凍らせながら、ひたすらに祈った。

(頼む……お願いだから、どっか行ってくれ……ッ)

するとどうだろう。願いが通じたのか、〝ゾンビ〟はこちらに背を向け、よたよたと駅構内の奥のほうへと消えていくのである。

「ふう……」

肺の空気を全部吐き出しながら、安堵(あんど)する。ここ数ヵ月、似たようなことの繰り返しだった。

ヤツらと勝負したところで、いいことなど何一つない。

やれやれと肩をすくめ、コンビニ奥にある寝床に引っ込もうとする、と。

ごぉおおおおおおおおおおおおおおおん！

駅の構内を震わせる、巨大な音が響き渡った。

はっとしてもう一度外を見る。明るい。店内がオレンジ色に照らされている。

誰かが何かを爆発させた、――らしい。手榴弾(しゅりゅうだん)か何かだろうか。

（バカな！　何をやってるんだ！）

率直に、そう思った。〝ゾンビ〟は光と音に群れる習性がある。そんな真似(まね)をしてしまえば、自分の周りに敵を集めるばかりじゃないか。

慌てて視線を向けると、そこでは奇妙な光景が繰り広げられていた。

金色に輝く剣を持った女性が、〝ゾンビ〟を真っ二つにぶった切っているのである。

見たところ、女性は一人のようだった。

「くっそぉ！　次から次へとッ！」

凜(りん)とした声が、ここまで聴こえてくる。

俺は息を呑(の)んで、彼女の存在を凝視した。

たぶん年上。二十より上の、えらい美人。気の強そうなつり眉で、たぶん頭もいい。結婚したら尻に敷かれそうなタイプ。

ざっと見たところ、形勢は明らかに不利に見えた。
彼女を取り囲むように、十数匹の〝ゾンビ〟が集まっているのである。
しかもあろうことか……その女性は、すでに負傷していた。
二の腕あたりが、ぐっしょりと血で濡れているのだ。
俺は直感的に察した。助からない、と。
だが、それでも。
その女剣士は、迫る死の運命に抗うように、剣を振るう。
「喰らえ……ッ、《ライトニング・スラッシュ》！」
すると、剣に稲光が走り、——暗い地下を明るく照らした。
「……おおおおおッ！」
俺は思わず歓声を上げた。しばらく使っていない声帯から、がらがらの声が漏れ出る。
彼女が放つ金色の輝きに触れた〝ゾンビ〟たちは、次々と斃されていった。
(超人だ。驚異的だ)
彼女のような人を、以前に一度だけ見たことがある。
正直そのときは自分の頭がおかしくなったのかと思ってすぐ忘れてしまったけど。
(すげえ……。やっぱりあれは夢じゃなかったんだ)
そう思って、彼女の戦いを見守る。
(負けるな。がんばれ。俺に希望を見せてくれ)
人間は〝ゾンビ〟を克服できる種族である、と。

……だが。

「ちっ……〝魔力切れ〟か……こんなところで……」

俺の期待に反して、がくりと彼女が膝を折る。

前に見た魔法使いも、突如としてガス欠を起こして〝ゾンビ〟たちの餌食になってしまった。

恐らくだが、無敵に見える彼らにもルールがあって、ゲームで言うところの〝MP切れ〟のような状態になってしまったらしい。

倒し損ねた〝ゾンビ〟は二匹。例の、ガタイのいいやつも残っている。

身体は、自然と動いていた。

〝ゾンビ〟に立ち向かおうとしたのである。

武器はスコップ。何かあったときのため、先端を尖らせておいたものを摑んで。

「くそ……ここまでか……」

そう言って膝をつく女剣士。彼女を、――救う。

時間はない。悩んでいる暇もない。

俺は、それまで後生大事に扱っていたゲーム機を放って、コンビニの扉に取り付いた。

シャッターを開け、電気の通っていない自動ドアを難儀しながら開いて。

叫ぶ。

「やめろォ！」

だが、〝ゾンビ〟の歩みは止まらなかった。

俺の目の前で、女性の身体を〝ゾンビ〟が摑む。

『おお……グルぉおおおおおおおおおおおおおおおおお！』

薄汚い腐り果てた手が、あの、美しい女性の身体に触れて。

俺の心に、かつてない怒りが湧き起こった。

たぶん、ここ数ヵ月間、ずっと無力でいた反動だと思う。死んでいた心に火が灯ったのだ。

自分でも信じられないくらいの爆発的な力が生まれて、俺は例のガタイのいい男〝ゾンビ〟の後頭部にスコップを突き刺す。

『おお、お……』

それきり、ヤツは動くのをやめた。

（ははっ！　すげえ俺、ヒーローみてえだ）

脳内麻薬に酔い、俺はそう思っている。

だが、すぐにもう一匹の〝ゾンビ〟に対応しようとして……その気持ちは綺麗に裏切られた。

件の女剣士の喉元に、〝ゾンビ〟がむしゃぶりついていたのである。

「あ…………あ、あ、あ、………」

血の泡を吐きながら、その女性はびくんびくんと身体を仰け反らせていた。

俺は悲鳴を上げた。

百年間、ずっと愛し続けた女性を死なせてしまったかのような喪失感があった。

俺は躊躇なく、目の前の〝ゾンビ〟の脳みそをスコップの先端でかき混ぜると、救えなかったその人の傍らで座り込む。

「すまん……俺がもう少し早ければ……」

無念な想いで頭の中が一杯になる。頭のどこかで、ゲームのリセットボタンを探している自分がいた。前にセーブしたのいつだっけ、と。

だが、〝ゾンビ〟を引き剝がされた女性は、苦悶の表情を浮かべながらも、どこか優しげな目で俺を見ていた。

「くっ……かは……ごほ……」

その女性は、もうすでに口がきけないらしい。

だが、何かを伝えようとしている。

「こ……れ……ぉ……ねが……」

彼女が差し出したものは。

「——？　なんだ、これ？」

それは、ヘルメット……と、呼んでいいものなのかどうか。

中世の騎士が頭に被る、鉄兜のような何かだ。

形見、ということだろうか。思わずそれを受け取る。

「あ……り、が……」

ごぼ、と、彼女の口から血が吐き出された。

（……苦しませたくない）

率直に、そう思う。

ならば俺ができるのは、……彼女を、なるべく綺麗なまま死なせてやることだけだ。

〝ゾンビ〟に嚙まれたものは、やがて〝ゾンビ〟となる。

そうさせないために。

俺はスコップを手にとる。

彼女は眼をつぶり、死を受け入れているように見えた。

「それじゃ、……さよなら。魔法使いの女剣士さん」

そう言って俺は、女性の頭部に、スコップを当てる。

力を込める。

ずぐ、と、手先に嫌な感触がして。

仕事は終わった。

俺は、例の鉄兜を手にとり、よろよろとコンビニへと帰っていく。

(今夜はひどい夢を見そうだな……)

そんなふうに思いながら。

*

……と。

そこで話が終わるなら、俺だってここまで事細かに書いたりしない。

たぶんこの世界じゃ、わりとありふれた事件だろうから。

事態が奇妙な進展を見せるのは、それからだった。

その後、サンクチュアリと呼んでいる我が家(駅地下にあるコンビニ)へと引っ込んだ俺は、しばらく放心したように寝転んでいた。

どれくらい、そうしていただろう。

一時間か、二時間か。あるいは半日くらい経過していたかもしれない。

ふと俺は、例の女剣士さんから受け取ったヘルメットを手にとった。

「……結局、なんなんだ、これ」

そう呟く。

それは、中世の騎士が被っている兜（顔全体を覆うようなやつ）のようでありながら、内側は柔らかいクッション状の素材で覆われているようだった。

内部はどうも、複雑な機構らしいことがわかる。少なくとも装飾品の類ではないらしい。

そこで俺は、これをくれた持ち主が不思議な力を操っていたことを思い出して、

（ひょっとしてこれ、……なんかの魔法グッズ、とか？）

なんてな。まさかね。

そう思いつつも、ついつい被ってみたくなる気持ち、わかるだろ？

というわけで、装着してみた。頭から、かぽっと。

すると、

「――おおっ！」

思わず感嘆の声を上げる。

目の前にあるモニターにスイッチが入ったためだ。

視界良好。暗闇にいて、あたりがはっきりと見える。

（……軍隊とかで使う、暗視装置ってやつだろうか？）

そう思っていると、ブゥン……という音と共に、何かを読み込んでいる音。

ちょっとだけワクワクしながらモニター画面を見守っていると、

——YUSYA : ONLINE

という文字が表示された。

「ゆしゃ……ん？ ゆうしゃ、……〝勇者〟か？」

ヒーローになりきれなかった俺が、〝勇者〟。口元に皮肉な笑みが浮かぶ。


——スキル《不死I》を認証しました。

——SAVE POINT を起動します……。

——しばらくお待ちください。


ちょっとだけぼんやりタイム。

そして、

——起動完了。

と、その次の瞬間だった。

『おっそぉおおおおおおおおおおおおおおおおおおおおおおおおおおおおおおおおい！』

耳元で、女性の金切り声が聴こえてきたのは。

「う、うわ！」

『どんっっっだけ待たせるのよ！　謎の美女から不思議なアイテム託されたんだから、とりま使ってみるのがジョーシキでしょーが！』

「は？」

『すぐ復活できると思ってたのに、もー！』

「なにが、どうなって……」

混乱しながらも、誰かと電話（？）か何かでつながっていることはわかる。

「ええと、俺、犬咬蓮爾って名前。……君は？」

『あたし？　あたしは数多光音よ』

「で、その〝光音〟さんが、何の用なんだ？」

『悪いけど、ながながと説明してる暇はないわ』

「何を言って……」

『キミに危機が迫ってる』

「へ？」

『嘘だと思うなら、この、狭くて臭そうなねぐらから出て、外を見てごらん』

顔をしかめつつ、言われたとおり、段ボールハウスから外に出る。

そして……、

「う、うわ！」

絶望した。

さっきまで静かだった地下。その、長い長い廊下の先。

明るさに補正がかかった視界に、〝やつら〟の姿が見えたのだ。

〝ゾンビ〟の群れ。……しかも、あんなにたくさん。

数は、狭い廊下の先ゆえによくわからないが、少なくとも、連中が大挙してこちらのほうへ歩を進めているのがわかる。

かつて、ここまで大量の〝ゾンビ〟がこのあたりに来たことなど、なかったはずなのに。

『さっきは、ちょっと派手にやっちゃったからねー。きっとあたしのせいだわ。ごめんね☆』

「ご、ごめんね☆　って……」

言葉の意味が呑み込めない。ただただ、震え上がっていた。

幸いなのは、まだ向こうがこちらに気づいていない点だろうか。

だが、時間の問題だった。あれだけの数だ。ここら辺もいずれ、奴らで埋め尽くされるだろう。

それでも、しばらくは息を殺して暮らしていけば大丈夫かもしれない。

だがいずれ、奴らの一匹が、コンビニの中に潜む俺の気配に気づいて……。

そうなってしまえばおしまいだ。

奴らは疲れない、容赦もしない。永遠に目の前にある獲物を追い続ける。

コンビニの防犯シャッターなど、数日と保たないだろう。

一瞬、足元が崩れて、永遠に落下していく錯覚に陥った。

だが、思い直して、

「ひょっとして君、こっちの状況がわかるのか？」

『もちろん』

と、なると。……彼女は遠隔操作できるカメラか何かで、こちらを観察している？

「もし、どこかでこちらを見てるなら、助けを呼んでくれないか？」

確率は低いが、それにすがるしか今の俺にできることはなかった。

『助け、ねえ。残念だけど、それはできないわ』

「な、なんでだ？」

『だってあたしたち、いま一緒にいるじゃない』

「一緒にって。どこに？」

辺りを見回す。もちろん、どこにも彼女の姿は見えない。

『あたしってば今、霊体だから』

「れ、れ、れ、れい……たい？」

『よーするに、オバケ？　ゴースト？　ま、そんな感じってこと』

「な、なんだそれっ」

『さっき、キミがスコップでトドメを刺した女の子いたっしょ？　それがあたし。……ってか、声でわかんないかなー？』

脳裏にあの、〝魔法〟で戦っていた女剣士の姿が浮かぶ。

言われてみれば、さっきかすかに聞こえた声と、ヘルメットの声は似ている気がする。

『細かく説明するとアレだけど、死んだ魂が、このヘルメットを通して話しかけてる感じ？』

「なに……？　た、たましい？　ヘルメット……？」

オウム返しにするしかない。

『そうそう♪　言い忘れてたけど、さっきは助けに来てくれてありがとね。トドメの一撃が特によかった。あたし、化物にはなれないから』

いま、俺は死者と話しているのか？

バカな。ありえない。……なんて発想は生まれてこなかった。

なにせ、すぐそこでは死んでるのに歩き回ってる連中が山ほどいるのだから。

「オーケイ、なんでもいい。こうなったら、君の言葉を全面的に信じよう。……それで、できれば、こっから俺が助かる逆転の策なぞあれば最高なんだが、どうだ？」

『もちろんあるわよー♪』

おお、女神よ。

思わず、天に祈りたい気分になる。

『んじゃ、とりあえず、キミの装備とステータスを表示するわね』

「待て、ステ……なに？」

俺の言葉も聞かず、声は続けた。

すると、眼前にあるモニターに、

なまえ：いぬがみ　れんじ

レベル：1

ジョブ：〝みならいゆうしゃ〟
ぶき：〝ゆうしゃのつるぎ〟
あたま：〝しろがねのかぶと〟
からだ：〝しろがねのよろい〟
うで：〝しろがねのこて〟
あし：〝しろがねのブーツ〟
そうしょく：〝ぐれんのマント〟

HP：36
MP：13
こうげき：29
ぼうぎょ：28
まりょく：4
すばやさ：19
こううん：6

つらつらと、得体のしれないデータが羅列されていく。

そのときの俺の気持ち、わかるだろうか？

『まあ、今んとこ、こんな感じ。……うん、レベル１にしては悪くないんじゃない？　〝まりょく〟と〝こううん〟のパラメータがちょっと低いのが気になるところだけど』

なんだか個体値を調べられるポケモンの気分だ。

「だいたい、〝ぶき〟とか言われても、それらしきものはどこにも……」

呟きながら自分の身体に視線を向け、仰天する。

いつの間にやら、俺の全身を銀色にピカピカ輝く鎧（よろい）が覆っているではないか。装着感がなかったので、まったく気づかなかった。

試しに、その場で跳ねてみる。

……軽い。

この鎧、発泡スチロールか何かでできてるみたいだ。しかも不思議なのは、身体の動きをほとんど阻害しない点である。まるで、俺専用にあつらえたかのようだった。

もちろん、〝ゆうしゃのつるぎ〟もちゃんとある。鞘に納められた、RPGの中にしか登場しないような立派な剣だ。

『気に入った？』

「気に入った……から、なんだってんだって話だが」

『じゃ、戦いましょっか』

「マジか。……やっぱそういう流れなのか」

もちろん、俺だって馬鹿じゃない。なんとなくそんな予感はしていた。

「あの数を相手にするのか？」

『うん』

「無茶言うなよ。一匹仕留めてやっとこさってとこなのに」

『大丈夫大丈夫！　あの程度の雑魚、負けっこないって！』

「その〝雑魚〟に、さっき殺されていたやつを見たんだが……」

『それは、……その。ちょっとわけありでねー』

「〝魔力切れ〟か？」

『うん』

「だったら、俺もそうなる危険性があるってことじゃないのか？」

正直、そのとき俺は、人をだまくらかして地獄へと導く悪魔に取り憑かれた気分だった。

だが、

『大丈夫。今度は絶対にそうならないよう、ちゃんとサポートするから』

その神妙な口調に、なんだか騙されてもいいような気がしている。

思えばそのときすでに、俺は光音に並々ならぬ関心を抱いていたのかもしれなかった。

「わかった。……どっちにしろ、細かく話を聞いてる暇もないし」

全身に鎧をまとったまま、その場であぐらをかく。

「だが、ここから逃げ出すとして、どう動く？」

俺だって、万一こうなった場合のことを考えなかったわけじゃない。

『とりあえず、地上に出てみる？』

「いや、ダメだ。あそこは最近、渋谷から流れてきた〝ゾンビ〟が大量にいる」

『じゃ、地下を進むしかないわねー』

「だな」

暗いところを進むのはリスクが高いように見えて、意外と動きやすいことがわかっている。〝ゾンビ〟は夜目がきかないためだ。運がよければ、群れの間をすり抜けていくことも不可能ではないはず。

しかも、幸か不幸か、今の俺には暗視装置の役目を果たすヘルメットがあるわけで。

「……よし。行こう」

そうと決まれば早かった。

こんなときのために用意していたリュックに、親父の形見の日記帳、それに愛用の３ＤＳと予備バッテリーを突っ込み、背負う。

『鎧とマントの上からリュックサックとか。……ダサッ』

「やかましい」

一瞬だけ、しばらく自分の家だった場所を振り返り、感慨に浸(ひた)った後、……俺は、そっとコンビニの外へ出た。

その後、意気揚々と言った光音の言葉は、よく覚えている。

『さあ、もう一人の〝勇者〟さん！　元気よく行ってみましょう！　世界を救うためにね！』

それを聞いた俺は、思い切り、苦い物を口に含んだ表情になった。

どうやら冒険が始まるらしい。別に、こちとら望んでいたわけでもなかったのに。

だが、これまでの日記を読み返せば、――この展開も、当初の目的だと言えなくもなかった。

停滞は、緩やかな死と同じもの。

いま俺は、ずいぶんと久しぶりに「生きている」のかもしれない。

二〇一五年七月二十二日（続き）

数多光音との出会いは、……なんというか。

俺の、人生との向き合い方を大きく変えることになったのは間違いない。

狩られる側から、狩る側への転向。

実を言うと、俺はしばらく有頂天だった。物語の主人公にでもなったような気持ちでいたんだ。

なんなら、クラスでイキってた野郎を探し出し、ひどい目に遭わせてやろうか、と思っていたときもあったかも。

もちろん、世の中がそれほどチョロいものじゃないとわかったのは、その後に起こった手痛い事件のお陰だった。

＊

暗闇の中を進みつつ、俺はヘルメットの暗視機能に感謝していた。

陽の光一つ差し込まない地下世界において、この機能はとにかく役に立つ。

俺は、夜目がきかない〝ゾンビ〟を完全に手玉に取ることに成功していた。

〝ゾンビ〟を迂回（うかい）しながら闇の中を行き、地下鉄のトンネル方面へと歩みを進めていく。

『ねーねー。そろそろ戦ってみたら、どない？』

光音が、焦れたように文句を言う。

「しっ、黙ってろ。聞こえたらどうする」

『だいじょーぶ。キミ以外に声は通じないことになってるから』

ならいいんだが。

「君がどう考えているか知らんが、少なくとも俺は、〝ゾンビ〟を殺すのが嫌いでね」

『あらそう？　でも君、さっきあたしを助けに来たときは、うまいことやってくれたじゃない』

「あのときは必死だったんだ」

そこで、小さくため息をつく。

「いちおう聞いておくけど、君ってなんか、孤独な俺の魂が生み出した哀しい幻聴、……みたいなオチじゃないよな？」

『なわけないじゃん。こんな理路整然とした幻聴、ある？』

「妄想なら、どんなふうに応えてもおかしくない」

『ま、その辺はおいおい、理解を深めていけばいいんじゃない？　今は、この状況を切り抜けることに集中して……ほら、目の前！』

一瞬、気を逸らした隙だった。

『グルァッ』

死体だと思い込んでいたものの一つが起き上がり、跳びかかってきたのだ。

「――くッ！」

車に轢(ひ)かれる直前のような。

回避不可能の悲劇が、眼前に迫る。

思わず差し出した右腕に、奴の牙が。その光景を見まいと反射的に目をつぶっていると、

「？」

眉をひそめる。予想された痛みはなかった。

見ると、目の前の〝ゾンビ〟の頭部を、〝ゆうしゃのつるぎ〟が貫いている。

『やったね！〝シカンダ〟！』

テンション高めで叫ぶ光音。

俺は、〝ゾンビ〟の死骸から剣を引き抜きながら、

「〝シカンダ〟？」

『〝ゆうしゃのつるぎ〟じゃ呼びにくいからね。ニックネームをつけたの。ちなみにそれ、自動で戦ってくれるから。そこんとこよろしく』

「ほーう……」

呟きながら、俺は柄にもなく感心していた。

「すごいな。〝魔法の力〟って、やつか」

『そんなとこ』

「ってか、〝魔法〟って実在したんだなぁ……」

しみじみ言うと、

『今更、何言ってんの。あたしが魔法使ってるとこ、見たでしょ』

「そりゃそうだが……」

傍から見ているのと、それを実感するのとでは少し感覚が違う。

『あっ、ちなみに、今のでレベルアップしたみたい』

「レベル？　……そこまでゲーム的なのか？」

『まーね。いちおう、上がったステータスを表示するね』

するど、例によって、俺の眼前にあるモニターにステータスが表示される。

レベル：2（＋1）
HP：38（＋2）
MP：13
こうげき：30（＋1）
ぼうぎょ：29（＋1）
まりょく：6（＋2）
すばやさ：21（＋2）
こううん：6

『ちなみにこのステータス、だいたい20ポイントで〝戦士〟ジョブでいうところの《攻撃力I》くらいの目安で……って、キミに言ってもわかんないか』

「ってかこのパラメータ、わかりにくいぞ。他に比べるモンがない」

『……あ、そっか。確かにそう感じてもおかしくないか……』

そこで光音は、何やら考え込んだ後、

『そんじゃ、いま、視線の先にいる、サラリーマンっぽい格好した〝ゾンビ〟いるじゃない。試しに、あれのステータスを表示してみるわね』

「――ん？」

返答を待たずに、光音はモニターに情報を表示させた。

なまえ：ゾンビA
ジョブ：なし
ぶき：なし
あたま：なし
からだ：ボロいスーツ
うで：なし
あし：ふるいかわぐつ
そうしょく：しゃれたネクタイ

レベル：1
HP：9
MP：1
こうげき：12
ぼうぎょ：3
まりょく：1
すばやさ：2
こううん：0

「へぇ」

なるほどわかりやすい。確かに俺のステータスに比べれば、戦闘力の差は歴然としている。

『ね？　ちょっと戦ったくらいじゃ、負けっこないって』

「だが、連中には必殺の噛みつきがあるからな。この鎧がどれほど硬いか知らんが、万一〝ゾンビ病〟に感染しちまえば、いくらなんでも死んじまうだろ？」

『まあ、……そうだけど』

「だから、な？　ここは慎重に行かせてくれ」

するとと、光音はふてくされたような口調で、

『ふぉーい……』

と、応えるのだった。

＊

地下の移動は、スムーズにことが進んだ。

地下鉄の線路の上を歩き、道を塞ぐ〝ゾンビ〟だけを排除し、先へと進んでいく。

進めば進むほど、とにかく〝シカンダ〟が強いことがわかった。

こっちは、何も難しいことを考えず、ただ剣の柄を握るだけでいいのだ。それだけで、〝ゾンビ〟はことごとく瞬殺されていく。

しかも不思議なことにこの剣、いくら使っても刃こぼれしない。

これまで使ってきた武器は、〝ゾンビ〟一匹仕留めるごとに取り替えて使ってきたから、それがとてつもなく頼もしかった。

ちなみにその間、俺のレベルがもう一つ上昇したことを書き記しておく。

レベル：3（＋1）
HP：39（＋1）
MP：14（＋1）
こうげき：31（＋1）
ぼうぎょ：30（＋1）
まりょく：7（＋1）
すばやさ：21
こううん：6

この時点ではまだレベルアップの効果は実感できていないが、いずれ〝ゾンビ〟を指先一つでダウンさせることも不可能でなくなるかもしれない。楽しみだ。

「君の言うとおり、確かにもう、〝ゾンビ〟程度にはやられる気がしないな」

『でしょー？』

それが当然、世の摂理……とばかりに光音が言う。

そのまま、およそ一時間弱の歩行。そこまで来て、ようやく心に余裕が生まれ始めたのか、俺は腹が減っていることに気づいた。

「飯にするか」

呟き、適当な段差に腰掛け、持ってきたリュックサックを開く。

『ちょっとまって！』

そこで、光音が叫んだ。

「どうした？」

『リュックの中に、賞味期限切れの食べ物があるわ』

「別にいいさ。もう慣れたよ」

『ええーっ。お腹壊さない？』

「飢えるよりマシだ」

実際、最近では賞味期限内の食べ物を食べるほうが稀だと思うのだが。

光音のやつ、生前は何を喰って暮らしていたんだろう。

「ちなみに、飯を食うときは、ヘルメットを外すしかないのか？」

周囲は暗闇だ。ちょっとの間でも、暗視機能のあるヘルメットを外すのは不安だった。

『ああ、大丈夫。ちょっとまって……』

そこで、しゃきん、と、俺の口元にあるマスク部分が開かれる。

「おお、便利だな……」

『いちおう、マスクには病原菌とかを防ぐ役割もあるから、ご飯食べたらすぐ閉じるわよ』

「さんきゅ」

言って、もそもそとカロリーメイトを口に運ぶ。好物のチーズ味だ。

一息ついたところで。

「っていうか」

そこで、ようやく、いまさらながら。

俺は、根本的な疑問に行き着く。

「このヘルメット、いったいなんなんだ？」

『あ？　それ、気にしちゃうタイプ？』

「そりゃな」

『ちょっとドラえもんと知り合いでね。ひみつ道具を融通してもらったの』

「ああ、そうなんだ」

完全に納得しかけると、

『えっ。いまの、マジで信じた？』

「嘘なのか？」

『うん。冗談』

ため息をつく。

「こっちは、何がなんやらって状況なんだ。何を言われても、頭から信じるしかないんだよ」

『あははっ。ごめんごめん』

可愛らしく謝られても、こちらとしては困惑が深まるばかりだ。

『ほんとのこと言うと、あたしにもよくわからないんだ。いろいろとまー、紆余曲折ありまして』

「なんだそれ」

『強いて言うなら……神様のプレゼントを、友達が私用に改造してくれた、みたいな』

「神様。プレゼント……」

正直、ドラえもんのひみつ道具って説明のほうがよっぽど納得しやすかったよ。

『なんかあたし、この世界を救うべく遣わされたスーパーヒーロー的なやつらしくってさ』

「フーン」

『実にわかりやすい生返事ねー』

「そう言われても、実感がなぁ」

まあ、なんとなく複雑な事情なことだけはわかる。

「それで？　……あんたの目的は？」

『よくわかんないけど、〝魔王〟って悪者をやっつけなきゃいけないんだって。それで、世界に平和を取り戻さなきゃいけないんだって』

「へえ……」

『で、キミも知ってのとおり、結局は力及ばず、〝勇者〟は悪の手先にやられてしまった！　……ってわけよ』

「それじゃあ困るじゃないか」

このとき、口ほどには困った気持ちになっていない。砂漠に落とされた蟻が、地球温暖化を気にしないのと同様の感覚だった。

『しかぁし！　まだ世界が闇に包まれたわけじゃありません！　〝勇者〟には、なんと！　〝決して死ぬことがない〟という、スーパー無敵な力があるのです！』

「ほほう」

『でもね、この力には制限があってさ。ちゃんとした形で生き返るには、もう一度、最初から〝善〟のカルマを積み立てる、……よーするに、いっぱい人助けする必要があるのよ』

「ええと……」

これまで読んできた漫画やラノベ、遊んできたゲーム、見てきたアニメの知識を組み合わせて、どうにかこの話の内容を呑み込もうとする。

「つまり話をまとめると、――……このヘルメットは、光音が肉体を取り戻すまでの、仮の姿？」

『うん』

「で、光音が肉体を取り戻すためにはその、……正しいことをいっぱいする必要がある……と」

『そうそう』

「その上、君が肉体を取り戻さない限り、〝魔王〟とかいうのがこの世界を滅茶苦茶(めちゃくちゃ)にし続ける……そうだな？」

『ざっつらいと！』

ふうむ……と腕を組み、あぐらをかきながら、考える。

『そこで、ちょっとした相談があるんだけど……』

光音は、ここに来て初めて、少し言い淀(いよど)んだ口調になる。

俺は機先を制して、応えた。

「『手伝ってほしい』、だろ？」

『ええ、まあ……やっぱり無理っぽい？』

「ああ、別に構わないよ」

『そうよね。……やっぱ難しいわよね。……って、え？』

「要するに、この無敵の剣と鎧を利用して、あちこちで人助けして回ればいいんだろ」

『ま、まあ、そうだけど……。でも、大丈夫？』

「なんだ？　俺じゃあ不満か？」

『あー、いやいや。そんなことはぜんぜんないけど。いろいろと危険な目にも遭うと思うよ？』

光音は少し心配そうな口調だった。

舐められたものだ。その程度の想像力も欠如していると思われているらしい。

「危険は百も承知だ。いつ、さっきの君みたいに凄惨な死に方をするかわからないってことだろ」

『うん』

俺はしばらく無言で考える。

どう応えるのがこの場合、一番格好がいいか。

いろいろ考えて、それで結局、こう応えた。

「知らんのか。男の子って生き物は、いつだって正義の味方に憧れるものなんだ」

そこで、十分に休息が取れたと判断した俺は、ゆっくりと立ち上がる。

「行こう」

彼女と一緒なら俺、今度こそ本当の生きがいを見つけられるかもしれない、とか。

だいたいそんなことを思いつつ。

*

それから数十分ほど、代わり映えのしない地下空間を歩きながら、

『そんじゃ、好きな食べ物は？　あたし、イクラ丼』

「俺は……そうだな、ラーメンかな。二郎系。油増し増しで。ええと……好きな色」

『白！』

「俺は黒」

『次は……うーん、好きな動物。あたしは、がぜん猫派ね』

「マジか。気が合わんな。俺は犬だ」

俺たちは「お互いの好きなものを質問し合う」という手段によって話題作りに励んでいた。

ちなみに光音の提案である。どうやらこいつ、わりとおしゃべりを好むタチらしい。

「ええと。……好きな映画、とか？」

『映画かぁ。……アニメでもいい？』

「いいよ。なんでも」

『じゃ、クレしんで。あたし、劇場版のＤＶＤ、全部持ってるのよねー』

「ちなみに、一番好きなのは？」

『ロボとーちゃんかな！　あれのクライマックスはマジで泣いたわっ』

「最近のやつか？　それ、観てないなぁ」

『人生損してるわね。……ちなみに、キミは？』

「『オトナ帝国の逆襲』が面白かった気がする」

『あれもいいよねー』

読者の中には、このような会話まで記録する必要があるかどうかを気にする人もいるかもしれない。だが、浮き草の上を行くような日々を送っていると、こういう些細(ささい)な情報でも遺(のこ)しておきたくなるもので、その辺の枝葉末節はご容赦願いたい。しょせんは俺も素人である。

異変が起こったのは、それからすぐのことだった。

『おんやぁ？』

光音が妙に低い声を発したのだ。

俺はほとんど反射的に身構え、〝シカンダ〟に手をかける。

「〝ゾンビ〟か？」

『いいえ。そういう感じじゃない。……人間だわ。あら！　行き倒れてるみたいね』

すると、頭から灰を被ったみたいに薄汚い老人が横になっているのと出くわした。

足早に前へ進む。

「あの……」

「う……うぐ……」

どうやら、脚に軽傷を負っているらしいが、命に別状はなさそうだ。

「みず……」

どうやら、足りないものはそれらしい。

俺はリュックサックを下ろし、新品のペットボトルを取り出して、差し出した。

爺さんは手渡された水を受け取り、一滴も残さぬよう、慎重に口に運ぶ。

これで、〝人助け〟＋1ポイントってところか。

「大丈夫ですか？」

「う、うむ……」

そこで老人は、俺の顔を妙な表情で見た。

「……あんた、不思議な格好しとるの」

まあ、そう思うのも無理はないよな。

変な兜に、全身銀ピカの鎧（しかも背中には燃えるような赤色のマント）なんて、コスプレ衣装以外のなにものでもない。

「なんにせよ助かった。わしがこれまで飲んだ中でも、一番うまい水じゃったよ」

「ははは。そりゃ大げさな」

苦笑交じりに、俺はその場に腰を下ろす。

爺さんは、いわゆるホームレスの人に見えた。

今どき珍しくもないが、この人はたぶん、この世に〝ゾンビ〟が現れる前からの古株だろう。

そう思える程度には、爺さんは年季の入ったボロい格好だった。

「どこかに行くところだったのかい？」

「ああ。この先の赤坂見附（あかさかみつけ）にそこそこ大きめのグループがあると聞いてな。仲間に入れてもらおうと思ったんじゃが。見たところすでに、かなりの〝ゾンビ〟がバリケードに張り付いとった」

「バリケードがあるなら、中から安全に〝ゾンビ〟を処理できるんじゃないのか？」

「わしもそう思って、しばらく様子を見てるところだったんじゃが……あいにく、手持ちの食料が尽きてな」

「それで、進退窮まった、ってわけか」

「うむ」

爺さんは、渋い表情に凝り固まった顔つきだ。

『ちょうど困ってる人がいるなんて、幸先がいいわねー』

などと、不謹慎な台詞を言う光音は置いといて。

「なら、先を急がなきゃ」

「なに？　しかし、まだあそこには……」

「ってことは、かっこよく登場できるチャンスってわけだ」

皮肉交じりに言う。もちろん冗談のつもりだが、半分くらいは本気だった。

「元気が出たら追ってきてくれ。俺は先に行って、〝ゾンビ〟をやっつけておくよ」

＊

さすがに、そこから先は光音と無駄話をしている余裕はなく。

無言のまま暗い地下鉄の線路を進むこと、十分弱。

『うぉおおおお……おおお……』

〝ゾンビ〟が一匹、線路上にぽつりと立ち尽くしているのが見える。

『お爺さんが言ってたとおりね』

「ああ」

足を止めることはしなかった。

歩きながら〝シカンダ〟に手をかけ、すれ違いざまにその首をぶった切る。

『いいねえ！　慣れたものじゃない』

光音の褒め言葉に何ごとか答えようとしたとき、

「グ、グ、グ、グワー！　だ、誰かぁ！　誰かいるなら、お助けをぉー!!」

誰かの悲鳴が聞こえて、俺は全速で走り始めた。

駅に近づくにつれ、状況がわりと絶望的な感じだと気づく。

〝ゾンビ〟は基本的に知能が低い。それゆえ、ある程度の段差になると昇ることができなくなる。

その性質を利用して、駅のプラットホームに上がってこられないよう、寄せ集めの木材やらなんやらでバリケードを作ったようだが……その一部が、今にも破壊されようとしているらしい。

どう見ても、このままではまずかった。

「しかし、参ったな……」

マスクの中で、苦い表情を作る。

〝ゾンビ〟を始末するにしても、バリケード越しに、安全地帯から徐々に……というのが理想だったのだが。

このまま進めば、数十匹の〝ゾンビ〟を相手に、真っ向勝負を挑む羽目になりそうだ。

「どうする？」

『ガンガンいこうぜ！』

マジかよ。

『でも、〝シカンダ〟は暴れ回りたくってうずうずしてるみたいよ』

確かに。

鞘に納めてある剣が、触れてもいないのにカチカチと震えている。放っておくと、勝手に飛び出してしまいそうだ。

「率直な意見を聞かせてくれ。……あの数を相手に、勝てると思うか？」

すると光音は、嬉しそうな口調で、

『だから、何度も言ってるじゃない！　よゆーだって！』

ふう、と、嘆息する。

（いい歳して『クレヨンしんちゃん』で泣くようなヤツの意見って、参考になるものだろうか？）

ま、いいか。

俺は気楽に考えた。

どっちにしろ、逃げ道はないわけで。

すらりと〝シカンダ〟を抜く。

暗闇の中、剣が銀色に煌めいて。

「じゃあ、征こう。――ただし作戦は、〝いのちだいじに〟で」

男子高生編：その4　赤坂見附駅のコミュニティ

二〇一五年七月二十二日（続き）

彼らは決して、悪い人たちじゃなかった。
たった一つの過ちは、現状維持に甘んじたことだろうか。
図らずも、立花先生の言葉が正しかったことがわかる。
停滞は、緩慢なる死だ。今になって、強く思う。
もし、俺がまだ、あのコンビニの中で引きこもっていたら、今頃どうなっていたか。
あるいは俺も、彼らと同じ道を歩んでいたかもしれない。
だから俺は、未だに彼らを憎む気になれないのだろう。

＊

先制攻撃。適当に選んだ〃ゾンビ〃の頭部をバッサリ。
それが一方的な殺戮（さつりく）の始まりだった。
『ぐるぉおおおおっ』
同時に、その場にいるほとんどの〃ゾンビ〃がこちらを向く。
数十四分の、空虚な眼光。

ちょっと想像してもらえばわかると思うが、ぞっとしない光景だ。

恐怖に震える足腰を懸命に奮い立たせながら、俺は叫んだ。

「かかってきやがれッ！」

今になって思うことだが、これは余計な行動だったように思う。

でかい声を発することで、そのときまだそっぽを向いていた〝ゾンビ〟も含めて、みんな俺の存在に気がつく羽目になったんだからな。

だが、――結論から言うと、それさえも問題にはならなかった。

光音の言う「よゆー」という言葉は、決して偽りではなかったわけだ。

『おおお、おおおおおお…………』

『がぐ、ぐぐぐぐぐ……』

『ヴォオオオオオオオオオオオオオッ』

『ぁおおおおおおおおおおおおぉあああああ……』

唸(うな)り声のコーラス。それに合わせて〝シカンダ〟が踊る。剣は羽毛のように軽かった。

だが、その扱いにはコツがいる。

リードしてくれる相手とするダンスでも、ステップを踏むのは自分自身だ。

〝シカンダ〟が動きたい方向を読んで、俺のほうでも身体を動かす必要がある。

『よし！　またレベルアップしたわ！　いいペース！』

そこで俺は、自身の筋力も強化されていることに気づく。

一瞬の隙を突いて、空いた手で〝ゾンビ〟の顔面をぶん殴ってやった結果、奴の頭部が粉々にぶっ飛んでいくのを見たのだ。

「ははは ッ!」

正直、かなり愉快だった。

〝終末〟以降、ずっと逃げまわっていた存在を、虫けらのように打ち倒していくのは。

俺はその瞬間、確かに殺しを楽しんでいたと思う。

いつまでも、この時間が続いてほしいと願うほどに。

＊

殺しが終わって。

荒れた息を整えながら、俺は〝ゾンビ〟どもの死骸の山を見下ろした。

〝シカンダ〟を見ても、不思議とまったく血で濡れていない。

剣を鞘に納めて、叫ぶ。

「終わったぞ!」

我ながら、自分がこんなにも堂々としていることに驚く。まるで一時間前とは別人のようだ。

強いということは、かくも性格を変えてしまうものなのだろうか。

バリケードの隙間から、数人の怯えたような表情が見えている。

ヘンテコな仮面野郎なら、それも無理のない話で。

「すまん、少しヘルメット、外すわ」

『あ、ちょ、おま……』

返答を待たず、かぽっと鉄兜を脱ぐ。

すると不思議なことに、俺の全身を覆っていた鎧も同時に消失した。

ちょっとした変身ヒーローの気分である。

俺は、ヒーローにふさわしい、正義の味方っぽい台詞を考えて、

「もう心配いらない。助けに来たぞ」

そしてサムズアップ。

するとどうだろう。

数秒はたっぷりと沈黙があった後の、

「うわあああああああああああ！　仮面ライダーが来てくれたんだ！」

爆発が起こったみたいな歓声。

正直、気分は悪くない。実際に自分は、常人では成し遂げられない偉業をやってのけたのだ。

せっかくなので、俺はそのネタに乗っかることにした。

「そう。通りすがりの仮面ライダーだ」

俺、バイク乗れないけどな。

「正義の味方なので、そっちに上がってもいいか」

「いいんちょー！　はやくはやく！　仮面ライダーとあいさつしないと！　あとサインも！」

甲高い子供の声が、誰かに訊ねている。

「ふうむ。そりゃ構いませぬが、ハシゴを取ってこなければ」

……ん？

そこで俺は、耳を疑った。

今聞こえた、妙に渋みのある低い声に、聞き覚えがあったためだ。

「ハシゴは必要ない」

俺は、素早くヘルメットをもう一度被って、全身に再び、銀色の鎧をまとう。

『ンモー。せっかくだし、ずっと装着しといてよ。寂しいじゃん』

そして、強化した筋力を利用して壁を蹴り、ひょいっとバリケードを乗り越えた。

「うおおお！　サーカス団の方でありますかぁ？」

間の抜けた声。間の抜けた顔。バナナマンの日村みてーなマッシュルームカット。

着地後、俺は慌てたようにヘルメットを脱いで、

「信じられん。お前、コウか？」

すると見慣れた顔が、ぽかんとした表情で俺を見ている。

そのときに見せた友人の表情こそ、痛快だった。

その顔面から、まるで漫画みたいに滂沱の涙がこぼれ落ちて、

「ぬぅおおおおおおおおおお！　何者かと思えば、まさかまさかの犬咬どのぉ！　お久しぶりぃいいいいいいいいいいいい！」

感極まったとばかりに、抱きついてくる。

「うわ気色悪い。くっつくな！」

下手すればキスまでしかねない勢いだ。

だが実を言うとそのとき、俺の目にも、ちょっとだけ涙が浮かんでいた。

そこにいた男の名前は、高谷興一（たかやこういち）という。

小学校時代からの幼なじみだ。

「奇跡ですぞ！　奇跡ですぞ！　我々は運命の二人だったのですぞぉおおおおおおおお！」

実際、そう思っても不思議じゃないような確率だった。ちょっとした宝くじの当たりを引いたようなものだ。

世界に〝終末〟が訪れて、五ヵ月経（た）ってからの邂逅（かいこう）である。

正直、ちょっと鈍臭いところのあるこの友人が、〝ゾンビ〟たちの攻撃を切り抜けられたとは思っていなかった。

「ってかお前、最初の〝ゾンビ〟騒動のとき、どこいってた？　一応そっちの家、覗（のぞ）いたんだぞ」

ちなみに、以前日記に書いた〝空き家〟はこいつの家のことである。コウの家は実家から歩いて数分の位置にあるのだ。

「あのときは運悪く外出しておりまして……いや、運よく、と言ったほうがいいですかな。お陰でこうして生きていられているわけだし」

「親は？」

するとと興一は、苦い表情になって、

「……離ればなれにて」

「そうか」

「正直、期待してはおりませせぬ」

「辛（つら）いな」

「犬咬どのは？」

黙って首を横に振る。もちろん頭には、血の涙を流した父さんが実家の扉を叩いている姿が浮かんでいた。

気まずい沈黙。だがお互い、その一件には心の整理がついているらしい。

俺たちは気を取り直すように、

「ささ！　とりあえず、こちらへ！　いろいろ話を聞きたく思いまする！」

と言う。

こんな状況でも、妙な口調は相変わらずか。

だが、変わらぬ友人の姿に感動していることも事実だった。

*

地下鉄のホームを抜け、少し階段を昇ると、その先にバリケードが設けられてある。

（さすがに、防御は万全ってところか）

それをハシゴで登った先に、少なくない人たちがいる居住区域があった。

状況は……見たところ、あまりよくないように見える。

みんな顔色が悪い。ちゃんとした食事を摂れていないようだ。

無理もない。都心には今も、多くの〝ゾンビ〟がうろついているのだ。その上、郊外に逃げようと思っても、それまでの道のりに大量の〝ゾンビ〟が待ち構えている、ときている。

「ねえ、あんた」

道中、派手な服を着た年齢不詳の女に腕を絡め取られて、

「なんか食べるものくれるなら、一発タダでやらせてあげるけど、どう？」

だそうで。俺はそのとき、こう思った。二の腕に、ボインが、と。

どう答えればいいかわからずにいると、興一が丁重な手つきで彼女を押しのけた。

「申し訳ありませぬ。彼は吾輩の大切な客人ゆえ」

「ちぇ、なんだいっ」

金切り声を上げて、その女は背を向ける。

俺は小声で、

「ここ、あんまり環境がよくないんじゃないか？」

「まさしく。このあたり、物資はもうすでにほとんど残っておりませぬ」

「……？　でもここ、赤坂見附だろ？」

この辺は、前に一度だけうろついたことがある。

駅の近くにはスーパーもあったはずだ。

「地上には、まだいろいろと食べ物が残ってそうなイメージがあるが」

「それはそうなのですが、……多くの〝ゾンビ〟がうろついていましてな」

「なるほど」

頷きながらも、苦い表情を作る。

こうして緩やかに死を待つくらいなら、打って出るべきじゃないのか。そう思えたからだ。

この辺、我ながら自惚れたものである。ほんの数時間前までは狩られる側だったくせに、今や

〝ゾンビ〟ごとき一騎当千の気持ちでいたのだ。

この世の中には、〝ゾンビ〟を目の前にしても戦えない人が多くいる。

弱いことは罪なのか、と問われれば、簡単に答えを出せない問題だ。

「なあなあ、ライダー。知ってるか？」

「――ん？」

そこで、ずっとついてきていた三人組の子供の一人が、にやにや笑いながら言う。

彼の視線の先には、先ほど俺の腕に乳を押し付けてきた女性の姿があった。

「あのおばさん、〝さげまん〟ってやつなんだぜ。だからみんなに嫌われてるんだ」

すると、興一が憮然（ぶぜん）として言った。

「……こら。子供がそのような言葉を使ってはならぬ」

「なんだよ、いいんちょー。みんな言ってんだからいいじゃん」

「これですぞ、まったく。教育によくない空間で困る」

興一は眉間にシワを寄せて、肩をすくめた。

「〝いいんちょー〟ってのは、お前のアダ名か？」

「うむ。いちおう、ここでは子守を任せられている身にて」

「お前が子守、ねぇ？」

「吾輩も不服でなりませぬ。……ささ、こちらへ」

俺たちは、揃（そろ）って〝駅長室〟というプレートが掲げられた部屋に入る。

中には応接間と思（おぼ）しき空間があって、数人の男が沈痛な面持ちで腕を組んでいた。

そのうちの一人、――バーコード頭で痩せぎすな男が俺たちを見て、

「……む。高谷くんか。どうだ、丸ノ内線の様子は」

「問題ありませぬ」

「ん？　問題ないはずがなかろう。〝ゾンビ〟の襲撃は？」

「先ほど、吾輩の無二の親友でもあるこの男、犬咬どのがさっそうと現れ、あの歩く亡者どもを華麗に一掃してくれたのですぞ」

「なに？　あの数をか？　爆弾でも使ったのか？」

俺は肩をすくめて、

「ま、そんなとこです」

と、雑に応える。

「ほーう。……まあいい。とりあえず、そこに座ってくれ」

フカフカのソファを勧められ、俺たちはそこに腰掛けた。

瞬間、全身が沈み込むような錯覚に襲われる。

（考えてみれば、こういう柔らかいクッションも久しぶりだな）

許されるならば、ここで一眠りしたい気分だ。

「子供たちは席を外しなさい」

バーコード頭のおじさんが言う。

どうやら彼が、このグループのリーダー格らしい。

「ええーっ。ライダーといっしょがいい！」

子供の一人が愚図るが、

「早く」

おじさんの表情に怒りが宿ったのを察して、すごすごと去っていく。

「ええと、……俺、犬咬蓮爾って言います」

いちおう、改めて自己紹介。だが、リーダー格のおじさんはそれに応えず、

「食事は？　……といっても、出せるものも少ないが」

「もう済ませました」

「ならいい」

と、素っ気ない。

（名乗らないなら、内心〝バーコードハゲ〟って呼ばせてもらうけど、いいかな）

「では、紅茶でも飲むかね？」

「でもここ、物資が残り少ないんですよね？　無理してもらわなくても」

「若い者が、遠慮するもんじゃない」

バーコードハゲは、つまらなそうに言った。

「犬咬くん、と言ったかな。……君は、何しにここへ？」

「通りすがりです」

「ふむ。では、ここで暮らすつもりはない、と」

「今のところは」

すると輿一が驚いて、

「えええーっ！　そんなことは言わずに犬咬どの！　一緒にいましょうよお！」

「高谷くん。……君は少し黙れ」

ぴしゃりとバーコードハゲの言葉が突き刺さる。

しょぼんとする興一。

「でも、もし何か手伝えることがあるなら、手を貸すつもりですけど」

いちおう、提案してみると、バーコードが皮肉げな笑みを浮かべた。

「ふはっ。いや、失礼。……今のところ、人手は足りてる」

いくら鈍い俺でも、とりあえず歓迎されてないことくらいはわかる。

このグループを任せられる身としては、これ以上食い扶持（くぶち）が増えても困る、ってところか。

……だが。少し、妙に思えた。

こういう閉鎖的な状況に陥ってしまった場合、若い人手はあればあるほどいいと相場が決まっている。

人手があるということは、それだけ物資を確保するチャンスにも恵まれるということだからだ。

〝ゾンビ〟は恐ろしい。

だが、しっかり連携の取れた人間の敵ではないことも事実である。

「君、親御さんは？」

「死にました」

「そうか。残念だな」

「今どき、みんなそうですから」

「そうかもな。他に親戚などは？」

「いません。父方も母方も、みんな早死にで」

「なるほど、なるほど……」

そこで、温かい紅茶が目の前に差し出された。

あろうことか、砂糖まで用意されている。

ごくり、と、喉が鳴った。

温かい飲み物を目の前にするのは、ずいぶんと久しぶりなのだ。

（一度遠慮しといてなんだが、供されたものは飲むのが礼儀だよな）

心に棚を作りつつ。

俺は紅茶に砂糖をたっぷり入れて、口に含んだ。

…………。

……………。

うおお。ちょっと泣けるほどウマい。紅茶って、こんなに癒やされる飲み物だったんだ。

熱い飲み物を嚥下（えんか）すると、全身に火が灯ったようになる。

「ごちそうさまです。うまかったっす」

率直に礼を言うと、

「そうかね。礼にはおよばん」

バーコードハゲは、そっぽを向いた。

このおっさん、何が起こってもつまらなそうな表情になってしまう病気か何かじゃないのか。

「ところで君、武器のようなものは携帯しているか？」

「武器？　……ああ、〝ゾンビ〟を倒したときに使った？」

「無論だ」

俺は少し悩んだ。

ヘルメットの一件、口で説明したところで信じてもらえないだろうな。

「先ほど、私もあの群れを見たが、……簡単に対処できる数じゃなかっただろう？　銃でも持っているのかね？　あるいは、手投げ爆弾の類とか」

「ええと、そういうんじゃないです」

言いながら、俺はヘルメットを手にとる。

（説明するより、見せたほうが早いだろ）

そう思って、それを頭に被ろうとする……が。

「あっ……」

俺は間抜けにも指を滑らせ、それをテーブルの上に落としてしまった。

がしゃん、と、派手な音を立てて、カップがぐしゃぐしゃに割れてしまう。

「うわ、すいません……」

苦い想いでいっぱいになる。

ただでさえ歓迎されていないのに、こんなポカをやらかすとは。

とりあえず立ち上がり、カップの破片を拾おうとする。

「――ぐっ？　……ん？」

しかし、まるで足腰に力が入らず、その場にがくりと膝をついてしまった。

（……あれ？）

そして、思考が一気にぼやけていく。

「……なっ、なななな、犬咬どのォ!?」

驚いた声を上げたのは、興一だ。

「ま、まま、まさか！　犬咬どのを、――に……」

いきり立つ友人の姿が見える。

バーコードハゲは、それに対して何ごとか言っているように見えたが。

「…………――…………――」

よく、聞こえない。

全身の筋肉が弛緩する。

俺は、がくん、と、その場で横になり、

「ばかな！　彼は…………――……！」

「――！　…………！」

「――、――……」

そこからの意識はなかった。

男子高生編：その5　食人者たち

二〇一五年七月二十二日（続き）

これを読んでいる人には、この後の展開はおおよそ予測することができるかもしれない。

なにせこの手記は後日、時間に余裕を見つけて書かれたものなんだから。

結論から言うと俺は、五体無事な状態で助かることになる。

ネタバレになってしまって申し訳ないが、世の中がこんなにも暗いニュースで溢(あふ)れているから、俺もあんまり読者にストレスを与えるようなことはしたくないのだ。

ことほどさように、俺が手記を書き終えるときは、ハッピーエンドで終わらせたいものである。

『そうして俺とその仲間たちはみんな、いつまでも幸せに暮らしましたとさ』……って具合に。

*

意識を取り戻したとき、――つんと、汗と血と糞尿(ふんにょう)の臭いがしたことを覚えてる。

目を開くと、漆黒の闇の中であった。

しばらく瞬(まばた)きをして。

とりあえず、何も見えないことを確認する。

手足は。……縛られているらしい。

わけもわからないまま、懸命に両腕を動かす。

すると、拍子抜けするほどあっさり束縛が緩んだ。

両腕の縄を解くと、次は足の番である。こっちはそこそこきつく拘束されていた。

少し苦心した末にそれも解いて、冷静に辺りを確認する。

窓一つない、地下の一室。そういう印象の場所である。

どうやら、リュックは奪われてしまったようだ。……もちろん、ヘルメットも。

手早くポケットを探ると、非常用のマッチが残っていることに気づいた。

焦れる手つきで火を灯す。

「……ここは……？」

恐らく、元々は電源の管理を行っていた場所らしい。ボタンがいっぱいついた謎の機械がたくさん備え置かれている。

出入り口は、一ヵ所だけ。

頑丈な鉄の扉があって、当然のように施錠されていた。

「あーくそ、何がどうなって……」

そのときである。

「ぐぬぅ……」

何者かの声が聞こえたのは。

まず俺が警戒しなければならないのは、当然〝ゾンビ〟だ。

身構えながら、声のした方向に注意を向けると、

「……あっ」

部屋の隅っこに、ボロぞうきんのような男が倒れている。その男の顔には見覚えがあった。

「爺さん！」

さっき俺が水を分けてやった、ホームレスっぽいお年寄りである。

「ぐ、ぐぐ……」

爺さんの顔は、びっしょりと汗で濡れていた。

「そ、その声は……あの、優しい少年かね」

どうやら、声だけで俺のことをわかってくれたらしい。

あのときは全身鎧をまとっていたからな。勘のいい爺さんで助かる。

「何があった？　ってか、いま、どういう状況かわかるか？」

そのころには俺もさすがに、一服盛られたことには気づいていた。

だが、その理由がわからない。悪意のある何者かと勘違いされたのだろうか。

いや。それなら、興一が俺の身元を保証してくれるはずだ。

「なんてこった。君まで捕まっちまったのか。この世にゃ、神も仏もないらしい」

「どういうことだ？」

爺さんはその質問を無視して、

「やれやれ。話じゃ、もっといい場所だと聞いたんだが。くそっ。人間、一度イカレちまうと、その先は下り坂ってところか」

そこで俺は、違和感に気づく。

薄明かりでぼんやりとちらつく、爺さんの姿。

それに、決定的な何かが足りないように思えたのだ。

やがて俺は、――その事実に気づいて。

「……なあ、爺さん、……足はどうした」

そのホームレス風の男は、右足が切除されていた。人為的なものであることは間違いない。傷口が、包帯で乱雑に縛られていたためだ。

「ああ……これかい？　喰われちまった」

「喰われた、って……」

混乱する。

〝ゾンビ〟……が、こんなにお行儀いいはずがなかった。

「まさか」

「ああ、ご想像のとおり。ここいらじゃ、よっぽど肉に飢えているらしいな」

ひどい熱に浮かされた夜のように、頭がガンガンする。

「ぶった切られた自分の脚が、大鍋で煮込まれてるのも見た。塩と胡椒(こしょう)で味付けされてての。……まったく！　いっそ殺してもらったほうが気楽だったんだが。連中、賞味期限が早まるのが嫌なんだと」

この五ヵ月の間、〝ゾンビ〟どもにグロ耐性を鍛えられてなければ、失神していたかもしれない。

「ハァ、ハァ、ハァ、ハァ、――ハァ、ハァ……ッ」

動悸がする。呼吸が早くなる。目の前がちらつく。

爺さんの姿は、決して他人ごとじゃない。未来の俺の姿だ。

そう考えただけで、視界がぐにゃりと歪んで見えた。

ただでさえ暗くて息苦しいその部屋が、とてつもなく不吉な空間に思える。

とにかく、ろうそくを吹き消す必要があった。

一瞬でも、無防備な姿を晒すのは危険に思えたのだ。

爺さんはすでに、口をつぐんでいる。

話しかける言葉もないと思ったのか。

あるいはまた、気を失ってしまったのか。

暗闇の中、俺は呟く。

「それでも、……手も足も出ないわけじゃない」

ほとんど、自分に言い聞かせているつもりだった。

何の因果か、束縛が解かれている今なら、あるいは。

連中が〝保存食〟を取りに来るそのときが、……最後のチャンスだ。

*

扉が開かれたのは、それから一時間ほど待たされた後のことだった。

部屋の防音は完璧らしく、外からは足音一つ聞こえないまま、突如として扉が開かれる。

「——！」

視界に映る人影は、二人。いずれも屈強な大男である。

俺は、音もなく背後に忍び寄り、そのうちの一人に飛びかかった。

遮二無二そいつの首に腕を回すと、

「……なっ！　ばかな！」

男は驚いてひっくり返る。

（よしっ！）

同時に、思い切り腕に力を込めた。……もちろん、殺すつもりで。

人殺しはしたことがないが。

大丈夫、〝ゾンビ〟で慣れてる。きっと俺にはできる。

だが、甘かった。

摑みかかった男が、俺の想像していた以上の力で反撃に出たのだ。

「この……ボケがぁ！」

男が思い切り地面を蹴り、背中に取り付いている俺を壁へと叩きつける。

「がはっ……！」

呼吸困難に陥るほどの衝撃を受け、両腕の拘束が緩んだ。

（まずい……このままでは）

頭の中ではそう思いつつも、全身に力が入らない。

「おい！　さっさとこいつ、黙らせろ！」

「あ、ああ！」

そこで、俺の眼前にスプレー缶のようなものが突き付けられ、ぷしゅ、と、何かが噴霧された。

同時に、眼球に激痛が走る。

「ぐぁああああああああああああああああああああああ！」

ありったけの悲鳴を上げ、両目を押さえた。

死にかけたゴキブリのように、床をのたうち回る。

服の袖でそれを拭おうにも、もはや手遅れだった。

涙がとめどなく溢れてきて、顔面が焼けるように熱を持っている。

「くそがッ！」

どす、と、腹部に追加の鈍痛。

俺の拘束から逃れた男が、苛立ち紛れに一発、蹴っ飛ばしてくれたらしい。

「おい！　縛られてるはずじゃなかったのか！」

「あの気色悪いオタク野郎がわざと緩めたんだろ。そうに決まってる」

「あのガキ……つぎ会ったら、目玉をくり抜いてやる！」

「それより、さっさと縛り付けろ！　二度と解けんようにするんだ！」

その後、改めて縄で縛り付けられたころには、完全に逆らう気力を失っていた。

吹きつけられたのは……たぶん、護身用の唐辛子スプレーか何かだろう。

その痛みが引いてくれることだけが、そのときの俺の、唯一の望みだった。

「どうする？　やっぱ先にこいつを……」

「いいや、やめとこう。反撃するくらい元気だってことは、長生きするってことだ。それなら、死にかけたやつのほうから調理にかけたほうがいい」

「けっ」

男の一人がつばを吐く。

「しゃーねえ。爺さんの臭い肉で我慢するか」

「ああ……」

そして、ホームレス風の爺さんが無力に引きずられていくのを見た。

扉が閉まる。

部屋に差し込む明かりが消え、暗闇と静寂が訪れる。

俺は待った。

ずっとその場にいて、待ち続けた。

そのまま、……半日ほど経過したはずだが。

爺さんは、戻らなかった。

*

人生最悪の日だった。

これまでずっと、世界に〝ゾンビ〟が現れた日が最低最悪で、その下はないと信じて疑わなかったが。

世の中にはまだまだ、下があるらしい。

疲れ果て、眠りに落ちると同時に、またすぐ目を覚ます。……それの繰り返しだった。

どこか遠くで、俺の処遇に関する何かが決定した気がして、恐怖に慄（おのの）く。

妄想だとわかっているのに。

まず、どこから切り落とそうか、とか。そんな声が聞こえた気がして。

麻酔は、……されないだろうな、当然。

そうなると、どれほど素早く意識を喪失させるかが鍵となる。

痛みに苦しみたくない。どうせなら、さっと済ませてほしい……。

そういう後ろ向きな気持ちに支配されたかと思いきや、次の瞬間には、奇跡が起こることを願っている。

（興一が助けにきてくれれば……）

だが、そうした希望の火も、消え去る直前の灯火（ともしび）にすぎない。

中学のとき。

クラスメイトの村上（むらかみ）という男に、理由もなくボコられたあの日。

興一は、何もできずに、ただ立（た）ち竦（すく）んでいたじゃないか。

気弱なあいつのことだ。

俺がくたばるその瞬間も、ああして視線を逸らし続けるのかもしれない。

だいたい、助けに来るつもりなら、とっくの昔にここへ来ているはずだ。

（助けは……ない、か）

あるいは、何かの理由で来られないだけかもしれない。

ここは警備が厳重だから、とか。

ありえなくはなかった。ただでさえ奴は、俺の友達だってことが知れてる。と、なると、余計な真似ができないように、行動にも制限がかかるだろう。

(と、なると、……やっぱり、やつが来てくれる可能性は薄い……?)

また、暗い絶望が俺の心を支配しかけた、次の瞬間。

がちゃりと、電気管理室の扉が開いた。

期待はしていなかったが、——現れたのはやはり、ホームレス風の爺さんを連れていった二人組である。

「どうする? いったん黙らせとくか?」

「やめとけ。……見ろ、〝まな板の鯉(こい)〟ってやつだ」

男の一人がせせら笑う。

不思議と、怒りは湧いてこなかった。

人は、どのような絶望であれ、いずれは受け入れられるようにできているという。

そういや、余命を宣告された父方の爺ちゃんもそうだったたな。

命尽き果てる、ほんの数日前。

あの人は、ひどく穏やかな表情で、孫である俺にこう告げたものだ。

——これで、嫌なものを見ないで済むし、辛い思いもせずに済む。

と。

天国は、……実在するだろうか?

わからない。

ただ、光音の存在は、霊魂の実在を証明していた。それだけが希望だった。

死後もまだ、意識が存在し続けるかもしれないという、その空想だけが。

力なく、俺は男たちに引きずられていく。

「死にたくない……頼む、殺さないでくれ……」

情けがかかる可能性に賭けて、呟いてみた。

男たちは、完全に心を殺した目をしていて、何も応えない。

それはあの日、俺へのリンチを見過ごした、興一の視線に似ていた。

*

「こいつ、小便漏らしてやがるぞ。……どうする？」

「裸にひん剝（む）いて、洗うしかないだろうな」

「しかし、水がもったいねえぞ」

「アルコール消毒液があったはずだ。それで我慢しよう」

そこは、小さな食堂、といった感じの場所だった。

遠く、何かを煮ている音がする。恐らく調理場からだろう。

俺が寝かされている大きめのテーブルからは、はっきりと血の臭いがした。

ここで〝解体〟されて。その後、〝調理〟されるわけか。

「じゃ、消毒液だけ取ってくるわ。ここ、頼む」

「おう」

見ると、俺より先に連れていかれた爺さんの姿もある。

爺さんはあの後、——右足に続いて、右腕も取られたらしい。

生きているかどうかはわからない。ぴくりとも動いていなかった。

「まずこの爺さんをしめて、その後お前だからな」

男は、どこか優しさすら感じられる穏やかな口調で、そう告げる。

「安心しろ。痛くしない方法は十分に学んだ」

次に言う言葉は、ずっと前に決めていた。

「頼む。楽に殺してくれ」

それだけだ。

それ以外のことは考えられなかった。

最期まで諦めない！　みたいな。その手の少年漫画的な強い気持ちは、生まれてこなかった。

そうしたほうが、気持ちが楽で。絶望して死ぬよりかは、心安らかに逝きたい。

あるいはこれ、そういう心の防衛反応なのかもしれない。

人間、なんだかんだで自分の死を受け入れられるようにできているのだ。

血がにじむまで引きちぎろうともがいた束縛が、今すぐ解けるというなら話は別だが。

「悪いが、それはできん。肉が腐るのが早まるんでな」

男の返答は簡潔だった。

「作業の工程を、少し繰り上げるだけの話だろ……？」

「命令でな」

ただそれだけで、こっちはなんだってするつもりでいるのに。

どうやらこの男、自分の仕事に関しては妥協を許さないタイプらしい。くそったれ。

……と。そこで、

「ど、どどど、どうも。お疲れ様、ですな」

聞き慣れた男の声が聞こえた。

「なんだお前？　何しにきた？」

「いちおう、木田さんには許可をもらってますからな。文句は彼に言っていただきたく」

「おいおいおい、ッざけるなよ」

「彼は吾輩の友人ですぞ。お別れぐらいさせてもらってもいいのでは？」

「なんだぁ、それ？　……まさかお前、武器なんか持ち込んじゃいないだろうな？」

「まさか。吾輩がそんな、大それた真似など」

「いちおう、ボディチェックさせてもらう」

「お好きにどうぞ」

十秒ほどの間。

「ちっ……、三分だ。それ以上いると、つまみ出す」

「助かりますな」

視線を向けて確かめるまでもなく、輿一だった。

深く、ため息をつく。

「や、やあ、犬咬どの」

「……どうしてこうなった」

「たぶん、ご想像のとおりですぞ。ここにはもう、食べ物がほとんど残っていないのです」

「それでも！」

からからの喉で、俺は怒鳴った。

「地上には、まだいくらでも物資が残ってるはずだ！」

「言ったとおり、駅周辺には〝ゾンビ〟が溢れていて……」

「協力して立ち向かえば、なんとかなる！　こんなことに手を出さなくたって……」

「言いたいことはわかりますぞ。……ただそれは、仲間の何人かに〝死ね〟と命ずるのと同義。世の中には、それができない指導者というのもいるのです」

「くそくらえ、だ」

「同感ですぞ。仲間を犠牲にできないからといって、誰かを犠牲にする、などと……」

そこで、

「おい！　高谷お前、木田さんの悪口は許されんぞ」

「知ったことじゃない！」

興一は叫んだ。かちかちと歯を鳴らしながら。

「ここの人たちは、みんなみんな、おかしくなってますぞ！」

その言葉を言うために、この友人が、どれほどの勇気を振り絞る必要があったか。

「お前……！」

男は、怒りも露わに壁を殴った。

「その言葉、木田さんに知れたらどうなるか……！」

「知ったこっちゃないですぞ！　間違いは間違いですぞぉ！」

興一はもはや、泣きながら叫んでいた。

「興一。……もういい。もう、十分だ」

俺は、嘆息交じりに言う。

「それ、被せてくれ」

「う、うむ！」

そこで興一は、倒れている俺の頭に、ゆっくりとヘルメットを被せた。

奴らには〝武器〟に見えなかったらしい……〝勇者〟の力が宿るヘルメットを。

「犬咬どの。……すぐ助けに向かえず、本当に申し訳なかった」

いや。

いいんだ。

お前はきっと、ベストを尽くしてくれたんだろう。

それがわかっただけで。

瞬間、俺の全身を、光が包む。

銀色の甲冑。

真紅のマント。

『じゃんじゃじゃぁーん！　ふっかぁーつ！』

もう、一生聞くことはないとさえ思っていた、光音の声が聞こえる。

両腕に少し力を込めると、ぶつりと縄が引きちぎれた。
「な、な、な……これは……！　おい、高谷ァ！　なにをした！」
驚愕に歪んだ表情が、俺と興一を交互に見る。
むくりと半身を起こすと、先ほどまでとは、世界が違って見えた気がした。
気力と希望が全身にみなぎってくる。
死んでもいい、だって？
何をバカな。冗談じゃない。
俺は生きるぞ。
百歳まで生きて、孫や親戚一同に囲まれ、幸せに死ぬんだ。
俺の手記は、ハッピーエンドで終わらせると決めてるんだから。

男子高生編：その6　脱出

二〇一五年七月二十二日（続き）

俺は決して、彼らを憎んじゃあいない。

歴史をひもとけば、緊急避難的な食人行為は数多く行われてきた。

聞くところによると彼らは最終的に、〝ゾンビ〟を喰おうとしていたらしい。

〝ゾンビ〟の肉は、しっかりと火を通すことで〝ゾンビ病〟を無害化することができるためだ。

だが、その前にいったん、新鮮な肉で〝味〟に慣れておこう、と……。

……書いてて気分が悪くなってきた。


ただ、一つだけ言いたい。

この世の中、本質的に、根っこからクソったれた人間はいないってことだ。

ただ、クソったれた状況と、クソったれた環境と、クソったれた世の中があるだけ。

少なくとも俺は、そう信じている。

もし、この世界をまともにすることが犬咬蓮爾の使命なら、俺は喜んで命を差し出すつもりだ。

＊

『復讐に燃えてるとこ悪いんだけど、いっこいい？』

「なんだ？」

『そーいや、〝勇者〟の力で人殺しするのはNGってこと、伝えてなかったなー……って』

「そうなのか？」

『うん。ほら、いちおーあたしら、正義の味方ポジなわけじゃない？　いくら救いようのないウンコ野郎でも、殺しだけはダメなんだな。〝悪〟のカルマ判定になっちゃうから』

「ふうん……」

そこで俺は、数秒ほど押し黙る。

目の前には、つい先ほどまで俺を切り刻もうとしていた（まあ、今でも隙あらば切り刻むつもりでいるだろうけど）男がいる。

『……それでもやっぱ、相手が憎らしい？』

訊ねる光音の言葉は、どこか俺を試すようでもあった。

「憎いってのとは少し違うな。もう二度と関わりたくないって気持ちのほうが大きい」

『そう。それを聞いて、安心した。あなたは〝勇者〟にふさわしい人だわ』

その言葉を聞いて、俺がそのとき、どれほど誇らしい気持ちになったか。

「俺たちは俺たちで、楽しくやっていこう。ここの奴らとは無関係なところでな」

テーブルの上からひょいと降りて、興一に顔を向ける。

「興一。念のため聞くけど、……ついてくるか？」

「モチのロンですぞ！」

「いい返事だ」

その後、ホームレス風の爺さんにまだ息があることを確認。

「それと、この人も連れていく」

「確かに、見捨ててはおけませぬ。……だが、このまま動かすのは危険ですぞ。最悪、ショック死に到る可能性も」

そこでいったん、光音に向けて呟く。

「なあ、回復魔法的なやつ、ないのか？」

『回復魔法は、……いちおう、存在するけど、今のキミじゃあ使えないわね』

「他に手段は？」

『あるわ』

「どうすればいい？」

『そうねぇ。じゃ、一番手っ取り早い方法で延命をしましょう』

すると、眼前のモニターに様々な情報が展開された。ものすごい勢いでデータが表示されていき、その中から〝やくそう〟と書かれた項目が選択される。

同時に、俺の目の前に、ひらりと一枚の葉っぱが舞い降りた。

『いま、〝やくそう〟を出したわ』

「……どういう手品だ、これ」

『《アイテム・インベントリ》っていうスキルよ。これを使えば、あたしが以前手に入れたアイテムなら、なんでも引き出すことができるの』

ほう。そんな、ドラえもんの四次元ポケットみたいな機能が。

そういえば、光音が死ぬ直前まで持っていた剣が、いつの間にか消失していた一件を思い出す。

あれは、《アイテム・インベントリ》の力が働いていた、ということかもしれない。

『これを煎じて、飲ませてあげて。手足がまた生えてくる……なんてことはないけれど、生きるのに必要な活力を与えてくれるはずよ』

「なるほど」

その後、興一に湯を沸かすよう頼んでいると、

「おい、アルコールあったぞぉー」

しばらく席を外していた二人組のうち一人が戻ってきた。

「……って、うわ、なんだ！　この銀ピカコスプレ野郎は！」

「知らん！　とにかく取り押さえるぞ！」

どうやら、二対一では分が悪いと見て、仲間が来るまで様子をうかがっていたらしい。

「わ、わわわ、吾輩も戦いますぞ！」

不器用に両腕を突き出しながら、興一が叫んだ。

「ああ、いや。それはいい。それより爺さんを頼む」

「し、しかし、……」

友人の言葉を無視して、

「光音。連中のステータスを」

『あいよ』

なまえ：にんげんA
ジョブ：しみん
ぶき：ほうちょう
あたま：なし
からだ：さぎょうぎ
うで：なし
あし：うんどうぐつ
そうしょく：なし

なまえ：にんげんB
ジョブ：しみん
ぶき：なし
あたま：なし
からだ：さぎょうぎ
うで：なし
あし：うんどうぐつ
そうしょく：うでどけい

レベル：1
HP：5
MP：0
こうげき：9
ぼうぎょ：3
まりょく：0
すばやさ：8
こううん：8

レベル：1
HP：5
MP：0
こうげき：4
ぼうぎょ：3
まりょく：0
すばやさ：7
こううん：9

ふむ。こうなると、殺さないよう加減するほうが難しそうだ。

ってか人間って、ステータス的には〝ゾンビ〟より弱いのな。

こいつら、素の状態の俺よりも強いはずなんだが。

『でも二人とも、〝こううん〟の値はキミより高いね(笑)』

人の不幸属性を笑うな。

ため息交じりに、二人組に足を向ける。

「来るぞ……！　もういい、このままシメちまえッ」

そう言う〝にんげんB〟へ、瞬時に接近。

その頬を、撫(な)でる程度の力でぶん殴った。

「ぐ、……へっ……」

たったそれだけの簡単なお仕事で、大の大人を一人、昏倒(こんとう)させる。

残った〝にんげんA〟が驚愕しているうちに、その額にチョップを一発。

それだけで、脅威の排除に成功した。

ちょろいもんだぜ。

「ファーwww　犬咬どの強スギィ！wwwww」

むやみに草を生やすなよ。

「それより早く、爺さんに薬を飲ませてやってくれ。俺は車椅子を見つけてくる」

「おいすー！」

幸い、目的のものの場所には心当たりがあった。

ここに来るとき、電気管理室付近にあったのを見かけたためだ。

たぶん、捕まえた人を運ぶために用意されたものだろう。面倒だからか、例の二人組は使っていないようだったが……。

俺が車椅子を手にして戻ると、興一が老人に薬を与えているところだった。

「もう大丈夫ですぞ……そう。少しずつ少しずつ。落ち着いて」

「うう……ぐぐぐ……」

爺さんは、ゆっくりとだが薬を飲んでいるようだ。

こうなったらもう、焦ることもない。

俺は、いったんヘルメットを脱いで、拘束されていた際に傷ついた身体を消毒し、お漏らししたパンツを（こっそり）洗ってから、新しいものにチェンジした。

さっぱりしたところで、再度ヘルメットを装着する。

「……しっかし、ちょっと見ないうちに変身ヒーローになっていたとは、驚きですぞ。ところでそれ、吾輩にも使えるのですかな？」

「なんだ、まだ試してなかったのか？」

特撮好きのこいつのことだから、てっきり試しに被っているものだと思い込んでいたが。

「こーいうのって、選ばれし者以外が使ったら、ひどい目にあったりするものでしょ？」

「そうか？」

「うむ。……『５５５』のカイザギアなんか、適合者以外が使うと死んじゃったりするんですぞ」

「へぇ」

仮面ライダーには詳しくないので、よくわからんけど。

「ちなみに、そこんとこどう？」

『そんな、呪いのアイテムみたいな要素はないけども』

ああ、そうなんだ。

少しだけ、自分が選ばれた存在なのかと思ってどきどきしてしまった。悲しい。

『ただ、別の人が〝勇者〟になっても、レベルは１からになっちゃうからねー。できるだけ同じ人に使ってもらったほうが、あたしとしては助かるわ』

その後、俺たちは十分に時間をかけて爺さんの回復を待った後、拘束した二人組が目を覚まさないうちに出発することにした。

「その前に、犬吠どのに一つ、お願いしてもいいですかな？」

「なんだ？」

「差し支えなければ、あの三人の子供たちも連れていきたく存じまする」

「子供を？」

「うむ。皆、身寄りもなく、吾輩に懐いてますからな。それに、ここにいるのは教育上、あまりよろしくないように思えますぞ」

「別に構わんよ」

すると興一は、にっこりと笑った。

「ドゥフフ！　恩に着ますぞぉ！」

よし。そうと決まったら。

こんな不吉な場所とは、さっさとオサラバするか。

＊

車椅子を押す興一を先導しつつ、のっしのっしと駅構内を進んでいく。

ここのグループの連中は、そんな俺たちを奇異なものでも見るように注目していた。

「なんだ、あいつ。……コスプレか？」

「こんな状況で。頭おかしい……」

「でも、武器を持ってるぞ」

「偽物では？　秋葉原で売ってるような」

「しっ、目を合わせるな」

やっぱ注目浴びるのって、慣れないな。

「わっ！　ライダーだ！　戻ってきたの⁉」

その中から、三人の子供たちが飛び出した。

「やあやあ、お三方。今から、ここを旅立とうと考えとるのですが、いかがか？」

「うん！」「やったあ！」「いくいく～」

全員、二つ返事でついてくるところを見ると、「吾輩に懐いてる」って話もまんざら誇張ではないらしい。

「では、行きましょうぞ」

そのまま、俺たちは丸ノ内線のホームを目指す。

「あ、そうだ。犬咬どの、……これを」

そう言って興一は、抜かりなく取り返していたらしい、俺のリュックを差し出す。

ただ、それはかなり軽くなっていた。

中身を改めると、――食糧品はもちろん、愛用のニンテンドー3DSまで奪われている。

残っていたのは、父さんがくれた革張りの日記帳だけ。

「ああ、くそ。俺のRTA記録が入ったセーブデータが……」

ぼやきながらもその時、俺は驚くほどそれらに愛着を失っていることに気付いていた。

「どうします？　必要なら、取り返すこともできるでしょうが」

「いや、いいさ。どっちにしろ次の駅まで行けば、まだ手付かずの物資が残ってるはずだし」

「ここのものは、奪っていかないんですな？」

「ああ」

正直、これ以上誰も傷つけたくなかったし、関わり合いにもなりたくなかった。

さっき、二人ほどぶん殴ったときも思ったのだが、〝ゾンビ〟と人間じゃ、やっぱ大違いだ。

たぶん、人間を殺すと、その日は悪い夢を見る気がする。悪くすればトラウマになるかも。そういうのは勘弁願いたい。

ここであったことはすべて、忘却の彼方(かなた)へ追いやってしまいたいんだ。

オシッコ漏らしたことも含めてな。

「それでこそ、犬咬どのですぞ」

そんな俺を、興一はどこか満足そうな表情で見ている。

そして、

「皆の衆！　もし、我々についてきたいものがいるなら、喜んで受け入れますぞ！」

よせばいいのにこの男、グループの連中に向けて、高らかに声を上げたのだった。

だが、それに応える声はない。

「……ふむ。おかしいですな。てっきり、みんな集まってくるかと。わーっと」

「わけのわからんコスプレ野郎に命を託したいやつなんて、いないだろ」

苦笑交じりに話していると、

「待て」

鋭い声が、俺たちを呼び止めた。

振り返ると、このグループのリーダー格、バーコードハゲだった。

「何か？」

「高谷くん、正気かね。……その、奇妙な男に自分の命を預けるというのか。私ではなく」

「ええ、まあ」

「なぜだ？　何がいけない？　我々はうまくやってきたではないか」

「そう思っていたのは、木田さんだけだったということですぞ」

「もう一月（ひとつき）、……いや、二月（ふたつき）も待てば、きっと救助が来るのだ。それまでここにいればいい」

「……木田どの。恐らくもう、救助なんて来ないのです。我々は、我々の力だけで生き残るべく、努力すべきなのですぞ」

「しかし……」

「吾輩のような若輩者の忠告など、耳を貸す価値もないかもしれませぬが。汚いものを眼に見えないところへ追いやったところで、いずれ手痛いしっぺ返しを喰らうだけですぞ」

「わかってないんだ、君らは。このグループは、……まだ、文化的な暮らしができているほうだ。私は知っている。もっとひどいことが起こっているグループも存在する、と」

興一は目を細めて、バーコードハゲから目を逸らす。

「それでも我々は、荒野を――目指すのです」

何をやっても冴えないこの男にしては、洒落た捨て台詞だと思った。

*

道中、興一が語ったこのグループの〝物語〟は、単純なもので。

まあ、要するに連中は、「仲間」と「そうでないもの」を区分けする必要があったわけだ。

協議の末、「そうでないもの」には人権が認められないことになり。

そしてその、「そうでないもの」一号二号が、俺とホームレスのおじさんだった、と。

まったく、我ながら間の悪い話である。

「それで、……お前は、〝試食〟したのか？」

興一は、気弱な表情で首を横に振った。

「いいや。吾輩はカニバっておりませぬ。〝試食〟は、もっと責任の重い仕事に就いていた者に限られておりました。そうすることで、仲間同士の絆を深めようとしたのでしょう」

「そうか。もし喰ったのなら、どんな味なのか聞こうと思ってた。猪肉に似てるって本当かね？

そもそも俺、猪肉も食ったことないんだが」

「……犬咬どの。そのジョークはさすがに、趣味が悪すぎますぞ」

「そうか？　何ごとも経験だと思ったんだが」

俺は、わざと悪ぶってそんなふうに言ってみる。

もし興一が〝それ〟を口に入れていて、その上で嘘をついているのなら、そうすることで少しは気が楽になるのではないかと思えたのだ。

だが、この口ぶりだと興一が食人行為に関わっていないのは本当のところらしい。

誰にも気づかれないよう、小さく安堵の吐息を吐いて。

そこで俺は、少し駆け足になった。

「何ごとか……？」

「少し待ってろ」

行く手を塞いでいた五匹ほどの〝ゾンビ〟を打ち倒すためである。

〝国会議事堂前駅〟が近づいていた。

やはり、駅周辺は〝ゾンビ〟が多い。

さくさくっと五匹仕留め、強化された視覚で行く先を確認。

数は、……〝赤坂見附駅〟のときとあまり変わらない。

数十匹、といったところか。

「しばらく〝運動〟してくる。終わったら、お待ちかねのランチタイムだ」

「うむ。頼みましたぞ」

「ちなみにその後は、どこに向かうべきだと思う？」

道案内は、興一に任せるつもりだった。

この数ヵ月間、引きこもり生活を送っていたせいか、この辺がどうなっているかよくわからないのである。

「それですが一つ、提案したいルートが。……このまま〝池袋〟まで進んだ後、西武池袋線を通って〝雅ヶ丘〟の方面に進もうかと」

「〝雅ヶ丘〟？」

「うむ。……風のうわさによると、そこに理想郷があるらしく」

「理想郷、ねえ？」

「話によるとそこには、強固に築かれたバリケードと十分な物資があり、若者はみんな、ガンプラ作ったり、遊戯王とかウィクロスとかして幸せに暮らしているらしいですぞ」

なんだそりゃ。嘘くせえ。

「常人ではとてもたどり着けぬ道のりですが、犬咬どのの力があれば、不可能ではないかと」

「よし。じゃあ、そうしよう」

*

その後、〝国会議事堂前駅〟にいた〝ゾンビ〟をあらかた片付けた俺たちは、駅の売店にあったスナック菓子で食事を摂ることにした。

「いくらでも食べていいの？　マジでマジで？　さいこー！」

〝ゾンビ〟の死骸に囲まれながらも、きゃっきゃと笑う子供たち。

ホームレス風の爺さんはまだ意識を失ったままだが、〝やくそう〟の効果か、顔色はかなりよくなっていた。

『ねえ、ちょっといい？』

と、そこで、光音に声をかけられる。

「なんだ？」

『このまま進むにあたって、ちょっと気をつけてもらいたいことがあるの』

好物の〝きなこの山〟（〝たこのけの里〟派は永遠のライバルだ）を口に入れながら、

「気をつける、とは？」

『できればエンカウントしたくない相手がいる、というか……』

「前、〝プレイヤー〟がどうとか言ってたよな。そいつのことか？」

『そだね。……実を言うと、不思議な力を使えるのは、あたしだけじゃないんだ』

「それは、話の流れ的になんとなく察していたが」

『理解が早くて助かるわ。で、それでね？　この先には、今のキミのレベルじゃ、とても歯がたたない相手がたくさんいるの。いちおう、味方してくれる〝プレイヤー〟もいるけれど、ほとんどの〝プレイヤー〟は敵だと思ったほうがいい』

「ほう。いちおう、味方もいるのか」

『いるわ。なんでか知らないけど、ずっと手助けしてくれるやつ。〝暗黒騎士〟っていうジョブよ』

〝暗黒騎士〟ねえ。

最大HPの八分の一を消費して敵全体を攻撃しそう。

『あとは、秋葉原に友達が一人』

「友達、か」

俺はちらりとコウを見て、こういう状況で離ればなれは心配じゃないのかな、と思う。

「そいつも超人なのか？」

『うん。……まあ、あんまり喧嘩が得意な子じゃないけど』

どうもその〝プレイヤー〟とかいうの、けっこういるらしい。

今、この世界で起こっている現象、人類にとって災難ばかりではない、ということだろうか。

『――あと、それと、この鎧を作ってくれた、〝贋作使い〟って娘も味方ね。彼女は、あたしの仲間を集めてくれてる。そのうち向こうから連絡があるんじゃないかな』

これは、最近聴いた中では最もいい知らせだ。

孤立無援の戦いの辛さは身にしみている。

『今話したやつ以外でなんか変な魔法使ったり、人間離れしてるやつは、基本的に敵だと思ったほうがいいわ。そういうのに出くわした場合は、ヘルメットを脱いで、一般人を装うの。それだけ覚えておいて』

「了解。……でも、なんでそんなに嫌われてんだ、お前」

『知らないわよぉ。なんか、気づいたら四面楚歌だったの』

「まったく心当たりがないのか？」

『わかんないけど。裏で糸を引いてるやつがいるっぽい』

「誰だ？」

『たぶん、恋河内百花(こいかわちももか)っていう女ね……』

〃きなこの山〃の、最後の一個を口に放り込んで、

「可愛い名前の人じゃないか。美人？」

『美人だったら、どうだっていうのよ』

「美少女の敵キャラは仲間になる法則」

『あれと対峙(たいじ)してもまだ同じことを言えたら大した肝っ玉だけれど。あいつ、マジもんの怪物だから。能力的にも、性格的にも』

「へぇ」

光音にしては、口調が重い。その百花とかいう女に、よほど怖い思いをさせられたらしい。

そんな俺の想いを察したのか、

『でもまー、ちゃんと気をつけてれば大丈夫だから。元気出していきましょー！』

気を取り直すように、光音は潑剌(はつらつ)とした声を出した。

「そうだな。世界で一番元気な死人もついていることだし」

『まーね！』

先行き不透明ながらも、俺は楽天的だった。

これから、どれほどひどいことが起ころうとも、——仲間と、〃勇者〃の力があれば、きっと切り抜けられる。

そんなふうに思えたのだ。

女子高生編：その1　救助活動という名のレベル上げ

「この力がいいね」とみんなが言うもんだから
三月十二日はどれい記念日。
By　私

ってわけで、ずらりと並んだみんなの顔を眺めます。
天宮綴里(あまみやつづり)さんより借りているスキル、《隷属》。
これによりみんなに、〃プレイヤー〃としての力を分け与えるために。
いちおう、
「ええと、……気持ちは変わりませんか？」
と、最終確認。対する返答は、

「はい、お願いします」と、日比谷康介(ひびやこうすけ)くん。
「おっす！　わくわくするぜ～」と、今野林太郎(こんのりんたろう)くん。
「センパイの頼みなら、喜んで」と、多田理津子(ただりつこ)さん。
「だいじょうぶだよぉ～」と、君野明日香さん。

「問題ない」これは、日比谷紀夫さん。

みなさん、元気いっぱいですね。もうこうなったら迷うだけ無駄でしょう。

さっそく、順番に《隷属》を使っていきます。


――《奴隷使役Ⅴ》……〝奴隷〟に、《格闘技術（上級）》《自然治癒（強）》《皮膚強化》《火系魔法Ⅱ》《水系魔法Ⅱ》《雷系魔法Ⅰ》《性技（初級）》を与え、同時に十人までの〝奴隷〟を使役することが可能になる。


力を与える代償は、――私に対する絶対服従、と。

まあ私、彼らに何か命ずるつもりはありませんけどねー。

ってわけでまず、日比谷康介くんから。

「……ん。なんだか、身体が軽く……」

ここで言葉を切って、

「……よっ！」

軽くバック宙。

「うお、な、なんだこれ！」

自分でやった行為に驚きながら、康介くんは危なげなく連続バック宙を決めていきます。

「か、身体、軽！」

……と、まあ。

わりとクールな彼でさえそんな感じですから、

「うおおおおおおおお！　なんだこりゃああああああああああ！」

普段からテンション高めの林太郎くんのはしゃぎっぷりといったらもう、ものすごいものがありました。

「はんぱねえええええええええええええええええええええええ！」

叫びながら、止める間もなく窓から飛び降ります。

「ちょ、林太郎くん⁉」

ここ、二階なんですけど。

驚いて窓から顔を出すと、けらけら笑いながら運動場を駆けまわる彼の姿が。

……平気ならいいんですけどね。

続けて、残りのみんなにも《隷属》スキルを使っていきます。

「……うん、悪くない」と、理津子さん。

「ほへぇー。力がもりもり湧いてくるー」と、明日香さん。

「力の出所がよくわからないのが忌々しいが……」これは、紀夫さんの弁。

「ってわけで。みなさんにはこれからバリバリ人助けに精を出していただきたい」

「そうすることで、君の……レベル？　とかいう、何かが上がる、と」

「はい」

なんでも知ってる百花さん曰く、人助けも自分でやるのが一番経験値効率がいいようですが、みんなの行動も私のレベル上げには役立つみたい。

「ふん。あの、百花とかいう娘が人助けに協力的だったのは、そういうからくりだったのか」

「……？　そうだったんですか？」

「バリケードの製作にはずいぶん力を貸してもらった」

ちなみに、話題の百花さんは、しばらく雅ヶ丘高校を離れるそうです。今朝方〝ドラゴン〟を引き連れ、都内の方向へ飛び立っていくのが見えました。

レベルを上げている間、仲間になってくれそうな〝プレイヤー〟を探してくれる、とのこと。

「ちなみに、紀夫さんから見て、どうです？　あの百花って娘は」

ふと、年長者の意見を聞きたくなって、訊ねてみます。

「〝転生者〟だとか言ってたな」

「はあ」

「気に入らん」

相変わらず、忌憚のないご意見を言われる方で。

「気づいているかもしれんが、あれには隠し事があるよ。間違いなく」

「ほう？」

「彼女の言葉を鵜呑みにするならば、この〝終末〟を経験したのは二度目ということになるらしいが。……それがそもそも、妙な話だ。それなら、事態がここまで発展する前に止めることはできなかったのか？」

「確かに」

「彼女が本当に〝二度目の人生〟を歩んでいるならば、自分の都合がいいように運命を捻じ曲げる可能性がある。気に入らない者には危機を知らせず、気に入った者だけを救う。そういう手段も可能だということだ」

ま、慎重を期すに越したことはないってことですかね。

「ま、とりあえず人助けはするに越したことはないですし。善行を積むとしましょうか」

「うむ」

これには、紀夫さんも異存はない様子。

と、まあ。

そんなこんなで、我々は正門に向かいます。

*

生存者の捜索は、私が住んでいたマンションから始めることになりました。

「まだ、ここに残ってる人がいるはずです。ベランダから顔を出しているのを見たって話を聞きました。〝ゾンビ〟の見間違いじゃなきゃいいんですが」

康介くんが、神妙な面持ちで得物を構えつつ、前を進んでいきます。

「最近の〝ゾンビ〟は、息を殺して待ち受けている場合もあります。注意してください」

なるほど。

所沢までの道中は、襲ってきたやつだけを始末してきたので、そういうのあんまり気にしてなかったんですよねー。

すると、

『うぉおお、お……』

〝ゾンビ〟が一匹、ぶらりと曲がり角の死角から飛び出してきました。

「……俺がやりますッ！」

「はい。おんしゃす」

康介くんが素早く、左手に装着した革の籠手を〝ゾンビ〟に押し付け、壁に叩きつけます。

すると、トマトよりも脆くその頭部がグシャリ。それきり動かなくなりました。

「……えっ、うわあ！」

妙な声を出したのは、当の康介くん自身。

「うそだろ、こんなあっさり……」

どうやら、新たな力（たぶん《格闘技術（上級）》の効果でしょう）に驚いているようで。

「自分の身体じゃないみたいですね……」

「まあ、少しずつ慣れていけばいいですよ」

私も《剣技（初級）》を覚えたときは、けっこう驚きましたからねー。戸惑うのも無理はない話です。

「おーい！　みんな！　生存者！　こっちこっち！」

対して、あっさりと新しい力に順応した林太郎くんは、〝ゾンビ〟が集まってくるのも気にせず（というか、積極的に呼び寄せながら）、声をかけてきました。

林太郎くんが指差した部屋にいたのは、小学生くらいの兄弟です。

彼らが部屋を動かずにいた理由は、

「ママがここにいろって言ったから」

とのこと。

二人とも、ずいぶんと衰弱しているようで、私があめ玉を与えると、がりがりとそれをかみ砕いてしまいました。よっぽど飢えていたようです。

彼らを安全地帯まで案内しつつ、我々は作業を急ぎました。

「こういう子供、まだたくさんいるかも」

「ええ」

子供の餓死者を発見するのは、さすがにやるせないですからねえ。

その後、遅くまでみんなと救助活動に励んだ結果、初日（三月十二日）のリザルトは……、

倒した〝ゾンビ〟……×68匹
助けた人……13人
上がったレベル……2（私）　2（彩葉(いろは)ちゃん）

という感じ。

正直、まずまずの成果です。もっとたくさん見つかると思ったんですが。

探索する範囲が狭かったからかな？

＊

救助活動、二日目（三月十三日）。

この日、探索に出かけたエリアは完璧なハズレでした。どうやら私が以前、人助けをして回った関係で、ほとんど避難が完了していたところだったみたい。

ただし、道中に自衛隊のトラックを発見し、雅ヶ丘に少なくない銃火器を持ち帰ることができましたよ。

それともう一つ、朗報が。

私とは別行動だった日比谷紀夫さんのチームが、商店街にあったお寺の井戸を発見したようで。

現在、そこと学校は、バリケードで防御された安全な道でつながれています。

そのため、一時期は深刻だった水不足問題は、ほぼ完璧に解決したのでした。

ってわけで、本日のリザルトは、

〝ゾンビ〟……×１０９匹
助けた人……０人
上がったレベル……１（私）　０（彩葉ちゃん）
仕事帰りに浴びたシャワー　プライスレス

こんな感じ。

＊

救助活動、三日目（三月十四日）。

その日は、近所の商店街よりもさらに奥。高級住宅街のあるあたりへ。

「君野明日香……？　うそ……」

そこで初めて私たち、同じ学校の生徒と顔を合わせました。

『ギャル』という言葉を聞いたとき、多くの人が頭に思い浮かべそうな容姿の彼女が、〝ゾンビ〟に囲まれた一軒家の二階から顔を覗かせたのです。

すっかり憔悴した表情の彼女に対し、むしろ肌がつやつやしている明日香さんは、

「あらら？　阿南さん、おひさー」

と、気軽にごあいさつ（目の前の〝ゾンビ〟の頭をハンマーでかち割りながら）。

「あんた、ほんとに君野なの……？」

「そですよー」

〝ゾンビ〟を一掃したのは、それから間もなくのことでした。

阿南家のお父さんは、少し神経質そうな黒縁メガネのおじさんで、救助に来た我々が皆、十代の若者であることに目をぱちくりさせながら、

「君らは？」

「救助です」

「救助だって？　……もっと大人の人は？」

「ここにはいません」

　実を言うとこれは失敗でした。必ず一班に一人は大人を組み込むべきだと気づいたのは、その後、いくつかの避難誘導に失敗した後のこと。

「避難してもいいが、もっと責任のある大人と話してから」という家庭が意外と多いと気づいたのは、この日が最初です。

　とはいえ、阿南家のお父さんはその辺わりと柔軟なひとだったみたい。

「ここ、危ないんで、学校に避難しません〜？　おみずとごはん、いっぱいあるよ！」

　という、私のフワッとした説得にあっさりと折れてくれて、合流に応じてくれました。

　むしろ、最後まで乗り気じゃなかったのは、明日香さんと顔見知りらしい阿南美由紀(みゆき)さん。

「でも……学校で生活なんて、不安だし……」

　という彼女を説得したのは、君野明日香さんでした。

　彼女が何ごとか囁(ささや)くと、美由紀さん、感極まったように泣き出して、

「ありがとう……ありがとう……」

　なんて。

　後に私、何を言ったのか明日香さんに聞いたところ、

「単純です。許してあげただけですよ」

「許した？」

「ええ。……実はですね。……私、あの娘にチョイとばかりイジメられてたんです」

　ほう。

「まぁ私、オタクなのに可愛くて男の子にモテましたし。わりと目立つ子でしたからね～」

「へ、へぇ……」

自分でそれいう？（byオタクだしモテなかったし目立たなかった勢）

「でも、私自身、びっくりするくらいそのこと、どうとも思ってないんです。センパイだって……いいえ、みんなだってそうだと思うんですけど、〃終末〃前のことは、なんていうのかな。遠い、夢の中での出来事みたいな。そんな感じですから♪」

それはなんとなくわかるかも。

今となっては、平和な時代のことなんて、遠い昔のことのよう。

世界が変わってから、まだ一ヵ月も経っていないというのに。

その日のリザルトは、

〃ゾンビ〃……×91匹
助けた人……31人
上がったレベル……5（私）　5（彩葉ちゃん）

別働隊の彩葉ちゃん、日比谷紀夫さん、康介くんのチームが、駅地下に隠れていた三十名ほどのコミュニティを発見&救助したため、かなり大量の経験値の確保に成功。

やったね。

＊

救助活動、四日目（三月十五日）。

その日も大したことは起こらず。

そろそろ、雅ヶ丘付近にいる生き残りも少なくなってきたかな、といったところ。

避難の声かけは午前中で切り上げ、午後はあちこちに散らばった物資を運び込む作業に集中しました。

それまでも薄々気づいてましたけど、都心ってホントに物に溢れてますねー。

何に助けられるって、あっちこっちに配置されてる自動販売機という名の魔力補給所。

私この時期に、あっちこっちでいろいろなジュースと缶コーヒーを飲みました。

結果わかったのは、飲み慣れてしまえばドクターペッパーも悪くないということと、マウンテンデューがこの世界で一番美味(おい)しいジュースだということ。

全国に広まれデューの味。

ところで先生方がざっと計算したところによると「完全に物流が停止したとしても、東京に残された物資だけで都民は十年ほど余裕で生きていける」そうです。

もちろん、どれくらいの人が生き残っているかにもよるので、おおよそで導き出した計算だそうですけど。

なんか最近では、「世界がこうなる前より豊かな生活送ってます」って人もちらほら。

といいつつも、昔の生活を取り戻すまで、先は長いです。

供給される電気は不十分ですし。新鮮な野菜にも飢えてますし。シャワーも冷たいですし。

あ、そうそう。

避難民の中に、そういう仕事に慣れている方が多くいらっしゃったお陰で、バリケードを強化・延長してくれるそうです。

当面の目標としては、駅と学校までを安全な道で繫いで、駅地下の空間を万一の避難場に使う、とのこと。

もちろんこれは、とてもいい傾向でした。

状況は安定していますが、いつそれが滅茶苦茶になるかわかりませんからねー。

その日のリザルトは、

〝ゾンビ〟……×128匹
助けた人……8人
上がったレベル……1（私）　1（彩葉ちゃん）

＊

救助活動、五日目（三月十六日）。

この日は、避難民十数名の間で、大きな衝突が発生しました。

衝突といっても、聞けば聞くほどバカバカしくなる内容で、――要するに発端は、酔っぱらいの喧嘩でした。

前提①＝この世の中は終わりです。

前提②＝とてもむしゃくしゃしています。

前提③＝お酒を飲みすぎて意識がもうろうとしてきました。

前提①と②と③により導き出される答え＝誰でもいいからバラバラにしたいぞ。


的な。


まー、気持ちはわかりますけどね。

ただ、喧嘩をはやし立てる人たちを巻き込んで、刃物を振り回す人まで現れたのはよくありませんでした。

怪我人（けがにん）はともかく、即死した人には《治癒魔法》は効きませんからねー。

ちなみに、喧嘩は日比谷康介くんが間に入ったことで、強制的に仲裁されました。

彼がみんなの犠牲になって、ナイフをお腹に受けたためです。

誰の目にもはっきりとわかる大怪我が起こって、熱く盛り上がっていたその場は一気に冷え切りました。

もちろん怪我は、事件を聞きつけた私が治癒させたものの……。

「俺だって、センパイの魔法を頼りにしてなきゃ、こんな無茶しませんでしたよ。いてててて！　いたいっすいたいっす！　もっとやさしく！　いたいっ！」

とは、本人の弁。

なお、喧嘩に参加したみなさんは、「厳罰によって対処」した、とのこと。

「あんな子供たちが、必死にがんばっているのに」という、麻田剛三（あさだごうぞう）さんによる涙ながらの説教が行われたというもっぱらの評判です。

ナイフを振るったその人は、二度と酒精を口にしないと誓わされました。

リザルト。

〝ゾンビ〟……×128匹
助けた人……3人
上がったレベル……0（私）　0（彩葉ちゃん）

だんだんレベル上がりにくくなってきた感。

*

救助活動、六日目（三月十七日）。

あちこち見まわったんですけど、遂（つい）に周囲十数キロ圏内では救助を求める人が現れなくなってしまいました。

それでもいちおう、避難民のために張り紙を実施することに。

『おみずもおくすりも、ごはんもいっぱい！　理想の避難所、雅ヶ丘！（ペット同伴可）』

なんつって。

まだまだ理想郷にはほど遠いですが、まあこれくらい話を盛ったほうがスムーズに話が進みそうですしね。

なお、この頃には普通の人でもある程度ならバリケードの外を歩き回れるレベルにまで治安が回復しつつありました。

バリケード製作班のみなさんによると、今のうちに壁を拡張しておくつもりみたい。

『進撃の巨人』みたいに、ゆくゆくは一つのバリケードが破られても別の区域に避難できるよう、避難所の構造を工夫するつもりみたいでした。

りざるとー。

〝ゾンビ〟……×251匹
助けた人……0人
上がったレベル……0（私） 0（彩葉ちゃん）

みんなで協力し、かつてない数の〝ゾンビ〟を始末。しかしレベルは上がらず。

あと、この日はガンプラを大量に避難所に持ち帰ったんですけど、どうやら娯楽品は経験値扱いにならないっぽい？

なんでや。暇つぶしのアイテムだって、生きていく上では大切なのに。

*

んで、今日。

救助活動、七日目（三月十八日）。

〝ゾンビ〟狩りではあんまりにも経験値効率が悪いので、本日は思い切って少し遠出をすることに決まりました。

移動は軽トラックを二台、使います。

先行する車は紀夫さんが運転し、助手席には康介くん、荷台には私と彩葉ちゃん。

後続の車は、麻田剛三さんを運転手に、助手席に林太郎くん、荷台には理津子さんと明日香さんという布陣。

道中の邪魔な車は、ガソリンを抜いた後、彩葉ちゃんがワンパンでぶっ飛ばしてくれました。

どうやらこのレベル上げ期間中、《怪力》スキルをカンストするまで取ったそうで。

もう〝ゾンビ〟なんかより、彩葉ちゃんのほうがよっぽど怪物ですよね。

「今日こそ誰かいたらいいけどなー」

軽トラの荷台に揺られつつ、彩葉ちゃんが呟きます。

「ですね。百花さんの話だと、《治癒魔法》と《必殺剣》は限界まで覚えといてほしいって話でしたし」

さらに言うなら、《攻撃力》関係のジョブスキルもしっかりとっておきたいところ。

《防御力》と《魔法抵抗》もそうですけど、この辺は特に意識してなくても効果の高いスキルですから。

……などと、のんびり考えていると。

「ん、なんだ？」

運転手の紀夫さんが呟きます。

「……ちっ！　まずい！」

事件が起こったのは、その直後でした。

ギュルル、ギュルルルル！

という、耳をつんざく嫌な音がして、

「――全員、車から降りろ！」

紀夫さんが叫びます。

「へ？　何がどーなって……？」

私は、自身の《防御力》を過信しすぎていました。その場にいた誰よりも、〝それ〟に対する反応が遅れたのです。

下り坂を真っ直ぐ突っ込んでくるトラック。それを視線の端に捉えて、

「ありゃ？」

がつんと身体の芯に響く強烈な衝撃。同時に、ぐるん！　と天地がひっくり返ります。

あ、これ、まずいかも……。

その次の瞬間には、なすすべなく横転するトラックに押しつぶされてしまいました。

「むぎゅーッ！」

車体が紙くずのようにくしゃくしゃになって、私の全身を押さえつけます。

「おい、……大丈夫か！」

「センパイ！」

「ねーちゃん！」

頭の上では、どうやら難を逃れたらしい日比谷紀夫さん、康介くん、彩葉ちゃんの声が。

映画とかだったら間違いなく即死している画ですが、少なくとも私は痛くも痒くもありません。

ただ厄介なことに、ほとんど身動きが取れなくなってしまっていました。

どうやら、私の頭の上に、突っ込んできたトラックがまるごと乗っかっている状態みたい。

私、身体の頑丈さは人並外れてる自信があるんですけど、筋力のほうは常人の域を出てないんですよねー。

さてどーしたものかと思っていると、外から声が聞こえてきました。

「はい、君たち動かないィー！」

ぐにゃりと歪んだ車体、その隙間からかろうじて外を覗き込むと、数人の武装した男たちが、軽機関銃を構えてこちらを取り囲んでいるご様子。

「あちゃー……っ」

自分の迂闊さに頭が痛くなります。

どうやら私たち、無法者グループの襲撃を受けてしまったようでした。

まあ、そーいう人もこの世のどこかにはいるだろーな、とは思ってましたけど、学校の近くにいた人ってみんな基本的に礼儀正しい感じだったので、すっかり油断していたのです。

無法者たちは、

「はーい、子羊ちゃーん！　狼の襲撃でェーす！」

なかなか興味深い自己紹介の後、

「全員一ヵ所に集まってェー！　んで、持ってるものを地面に並べてェー！」

とのご用命。

見たとこ、襲撃者は全部で四人。男たちは皆、煤を被り、あちこちボロボロの服を身にまとっていて、ずいぶんひどい身なりをしていました。

「なんだとおめー！」

彩葉ちゃんが手をぶんぶん振り回すと、

「うっせえ！　ガキを黙らせろ！　殺すぞ！」

と、襲撃者の一人が怒鳴りつけます。

「撃たせんなよ？　〝ゾンビ〟集まってくるの、君らも困るでしょー？　なあ？」

いやむしろ、それはあんまり困らないんですけど。

でもまあ、さすがに銃撃戦になるのは危険でした。こっちには《隷属》スキルによって強化されていない、麻田剛三さんみたいな人もいるわけで。ここは素直に言うことを聞く場面でしょう。

「わかった！　指示に従う！」

紀夫さんが、みんなを代表して応えます。

「おー！　おぉー！　オッサンタフだねえ！　よく避けたなァ、いまの！　サーカス団かぁ？」

「そういう舞台も手がけたことがあるが、出演したことはないな」

不敵に笑う紀夫さん。

「うーん、まあどうでもいいや！　それよりな、とりあえずな、俺らやさしーから、女と食いもんだけもらえりゃな、殺したりしねーから、な！」

「もちろん、食べ物は分け与えよう。しかし、仲間は渡せんな」

「ダメェー！」

言いながら、襲撃者の一人が、紀夫さんにローキック。

「親父！」

瞬間、康介くんの目に殺意が湧き上がります。

「よしなさい、康介」

まだそのときじゃない。と、父親の視線が語っていました。

「……っつっても、ちんちくりんにいられても困るし……うん、連れてくのは二人だけでいいや！……おい、そこの！」

襲撃者が指名したのは、理津子さんと、明日香さん。

仲間はずれにされた彩葉ちゃんが、

「なあ、おっちゃん、ちんちくりんってどういう意味だ？」

紀夫さんに小声で訊ねます。

「……ちっこくて可愛らしいという意味だ」

「ふむ。……いい意味？」

「今は黙ってなさい」

「ほーい」

この二人、しばらく同じ班で行動していたせいか、そこそこ話せる間柄になっていたみたい。

「おら、さっさと来い！」

いまいち緊張感に欠けている我々が気に入らないのでしょう、襲撃者の男が苛立たしげに怒鳴りつつ、明日香さんの肩を摑みました。

「いやーん。おたすけー」

声優志望とは思えない棒読み。麻田剛三さんが苦笑しながら、その男に語りかけます。

「まあまあ、暴力はその辺にしたまえよ」

「あぁ？」

「私も男だから、そういう感情に振り回される気持ちもわかるがね。ここは大人同士、話し合いで解決しようじゃないか」

「俺たち、永遠の十代ですからァ！　残念～!!」

うげ。いまどき波田陽区(はたようく)のネタやっちゃう？

なんかこの人たちとは、ユーモアセンスを含む、ありとあらゆる点でわかりあえない気がするんですけど。

「しかしね。君たちだって、いつまでもこういう暮らしを続けるわけにもいくまい。よければ、君たちも仲間にならんか？」

「……ナカマニナランカァ？」

男の一人が、麻田さんの口調を滑稽な仕草で真似します。

「はい無理ィー！」

襲撃者が、一斉にげらげらと笑いました。

すごい。ここまで典型的な無法者、他にいる？　逸材や……。

こうなってくると、彼らが子供のころにどういう漫画読んで育ったかが気になります。漫画の世界じゃこういう人たちってたいてい、あんまりいい役をもらえない気がするんですけど。

「俺ら、けっこう今を楽しんでますんで。あとは食いもんだけもらえりゃ、もっと楽しくなる」

そこで、襲撃者の一人が明日香さんのゴムまりのような胸を掴みました。

う、うおお。すげー。

おっぱいってああいう形になるんだ。ハンパねぇ。

「うわっ、さすがにちょっと嫌（素）」

すると、ビキィ！　と、麻田剛三さんの額に青い血管が浮き上がりました。

同じ年頃の娘がいる身として、何か思うところがあったのかもしれません。

「やめなさい。……私は、君たちの良心に語りかけているのだ」

「あっ？　アホかお前」

聞く耳持たず、ですか。

明日香さんのほうも、「そろそろ反撃していい？」と、目で訴えかけています。

「あー、……くそ。やむを得ないか」

麻田さんの深いため息。

この期に及んで彼らを仲間に加えようというのですから、その平和的な思想がうかがわれます。

ですが、彼の我慢も限界のようでした。

「……私はこう見えて、元警官でね」

「ああッ？　今更、警察がなんだってんだよ！」

「いちおう、国内で手に入る銃器はだいたい頭の中に入ってるんだが。……君らのそれ、モデルガンだろ？」

「んな……ッ！」

これは、メッセージでした。

襲撃者の男たちに対するものではなく、私たち全員に向けた。

「あ、なーんだ」

明日香さんが男の手を握りつぶします。パキッ、という、小気味いい音があたりに響きました。

「――――ッ！？！？！？！？」

襲撃者全員の顔色が変わります。

次の瞬間、康介くんの正拳突き、理津子さんのハイキック、紀夫さんの手刀がそれぞれ、男たちを昏倒させていきました。

意識を保っている襲撃者は、明日香さんの乳を掴んだ、けしからん男一人だけになります。

「なっ、なんなんだ、おめーら……！」

「君らの言うとおり。迷える子羊だよ」

麻田さんが、苦笑交じりに応えました。

「他に、仲間は？」

「い、いねーよ！　俺らだけだ！」

「明日香さん、頼む」

すると、その手を握りつぶしている明日香さんが、容赦なく力を込めます。

ぎりぎりぎりぎり、と、ものすごい握力で男の手が軋みました。

「い、いでででででで！　ほんとだ！　マジで！　俺らだけ！」

「では、他に生きている人、知らないか？」

「し、しるか！」

「……明日香さん？」

ぎりぎりぎりぎりぎり。

「いでえぇぇぇぇぇぇぇ！　わかった！　わかった！　ここを真っ直ぐ行った先の高架下に、けっこういる！　自転車置き場だったとこだ！　俺ら、そっから追い出されてきたんだ！」

「人数は？」

「五十人……いや、もっとかも」

「そのグループに所属していたと言ったね。では、リーダーは？」

「沖田ってオッサンだよ。元自転車屋だとか言ってた」

「なるほど。嘘はついていないようだな」

普段の温厚な彼からは想像できないほどに凄味のある口調で、情報を引き出していく麻田さん。

「では、最後に警告しておこう。もし今後、君らが悪事を働いていると我々が耳にしたら。……いいかい。どこまで逃げても追い詰めて、生きながら〝ゾンビ〟どもに食わせる。わかったね？」

「わ……わかった……」

男は、精も根も尽き果てたように、その場でうなだれます。

麻田剛三さんは、どこか苦いものを含んだ表情で最後、彼に囁きました。

「では、よい終末を」

＊

と、まあ。

みなさんがカッコよく悪漢をやっつけたところ、で。

次の目的地もはっきりとしたところ、で。

…………あのー。

そろそろ、助けてもらえません？

女子高生編：その2

高架下のコミュニティ

「参ったな。こりゃ、工具なしに修理できそうにないぞ」

と、日比谷紀夫さん。

下敷きになった私より、むしろ軽トラックのほうが心配されているという状況。

な、なんか悔しい……。

「ガソリンだけ抜いて、引き返すかい？」

「いや。さっきの男の話だと、この近くにコミュニティがあるそうじゃないか。そこまで行って、工具を借りてくるというのは？」

「うん、それがいいな。……あ、ところで、君」

麻田剛三さんが、こちらに振り返ります。

「悪いが、私にもその《隷属》というのをかけてもらっていいか？」

「……いいんですか？」

これまで、麻田さんは「グループのリーダーだから」という理由で《隷属》候補から外れてもらっていました。

〝リーダー〟が誰かの言いなりになっているという状況は、コミュニティを運営していく上で危険だと考えられたためです。

「とりあえず一時的な措置として、ね。どうやら都心に近づくにつれ、我々が思っていた以上に治安が悪くなっているらしい。みんなの脚を引っ張る真似はしたくない」

もっともな意見でした。

どうやら雅ヶ丘の方面はかなり〝ゾンビ〟被害が少ないみたい。噂(うわさ)によると都心はすでに、怪物と無法者の巣窟になっているのだとか。

「了解です」

言いながら、《隷属》を発動。

右手を彼の頭に乗せると、

「やれやれ。日本人はどういう危機的状況下でも道徳を重んじると信じていたが。……まあ、さすがにこんなときにそれを求めるのも酷か」

苦い表情で、麻田さんが呟きます。

というわけで、〝奴隷〟にできる仲間はこれで上限いっぱい。

「この先の高架下に、大きめのグループがあると言っていたな」

五十人というと、最初に〝雅ヶ丘高校〟に集まっていた人数と同じくらいです。比較的、大きなグループであるはずでした。

人が集まるところ、助けを求める声あり。

人助けを行えば、それだけ我々の経験値になるわけで。

無事だったほうの軽トラックに物資を載せた我々は、徐行する車の周囲を歩きつつ、そのコミュニティまでの道のりを急ぐことになりました。

……と。

「おーい、みんなー！」

先を行っていた林太郎くんが、ぴょんぴょん跳ねながら戻ってきます。

「どうもこの先、かなりやべー感じ！　避難所が〝ゾンビ〟に囲まれてるっぽい！」

その声を聞いて、まず飛び出していったのは彩葉ちゃん。

猿のように器用に電柱を登って、

「ありゃま。こりゃ大変だぞ」

少し遅れて、私もこの先が見渡せる位置に移動します。

そこで見たものは……、

「うわぁ……」

ちょっとドン引きするレベルの〝ゾンビ〟の群れでした。

数は、……うーん、ちょっと数えきれません。数千匹くらぃ？

今まで相手にしてきた群れとは、規模が違いますね。

「なんだってこんなことに……」

「見ろ。あそこに、人間のコミュニティがある」

目を凝らすと、襲撃者の男が言ったとおり、高架下にバリケードで守られた地帯がありました。

そこは正直、これまで見た中では最も防御力の低い避難所に見えました。

「あれはよくないな。あり合わせの資材を使っているが、不死者の視界を遮るものがない」

「段ボールでも使って〝ゾンビ〟の視界を防ぎ、息を殺して救助を待つべきだったのに」

「人間に惹かれてどんどん集まった結果、不死者が不死者を呼び……ああいう感じになったんじゃないだろうか」

と、紀夫さん剛三さんの分析。

「で、どうする？」

二人の大人に意見を求められ、うーん。と、腕を組みます。

さすがにあの数を相手にするのは、骨が折れそう。連中、次から次へと休みなく襲いかかってきますからねー。

「あーし、真っ向勝負はやめたほうがいいと思う」

意外なことに、猪突猛進ガールの彩葉ちゃんから冷静な意見が。

「あの数相手だと、ぜったい途中で魔力切れ起こすだろ？　そうなったらどうしようもない」

なるほど。彩葉ちゃんって、何気にこれまで二度も魔力切れで敗北してますからね。その辺慎重になるのも無理はない、というか。

かといって、あまりのんびりしてもいられませんでした。

高架下にいるあの人々が、〝ゾンビ〟に囲まれてどれほど時間が経過しているかわかりません。

そうなると、いつ彼らの食糧が尽きてしまうか……。

遅くとも今日中には、さくさくっと片をつけてしまいたいところ。

「どういう作戦でいく？」

紀夫さんが意見を求めます。

たぶん、率先して命を賭けるのは私だとわかっているのでしょう。

「うーん、少しカッコ悪い戦い方になりますが」

「問題の対処法に美醜を求めたことなどない」

なるほど。では。

「まず、戦闘に適した立地の近所のコンビニを探します。防衛に適していて、〝ゾンビ〟が侵入する経路を限定し、……かつ、食糧がたくさん残っている場所を」

「ふむ。それで？」

「後は単純です。まず、私が〝ゾンビ〟どもを片っ端から始末します。で、お腹が空いてきたら彩葉ちゃんとバトンタッチ。私はみんなのところに戻ってご飯をたらふく食べます。魔力の補給が済んだら、また彩葉ちゃんとバトンタッチ。〝ゾンビ〟どもと戦います。……その繰り返しです」

「ふむ。……と、なると、我々は……」

「私と彩葉ちゃんが食べる分の食事を用意する係です」

「なるほど」

紀夫さんが苦笑しました。

「確かに、格好はよくないな」

ですよねー。

「ただ、他に手段もなさそうだ。さっそくとりかかろう」

ってわけで、私たちは手付かずの魔力供給所（またの名を、ごはんいっぱいプレイス）を確保することに。

理想の場所は、拍子抜けするほど簡単に見つかりました。

選ばれたのは、〝ゾンビ〟に囲まれた高架下のコミュニティからさほど離れていないファミマ。

〝ゾンビ〟がたむろしていたせいか、食料品はほとんど手付かずでした。

しかも、屋根裏に登れば太陽光発電システムまで備え付けられているじゃありませんか。

聞くところによると、最近ではこういうコンビニが増えてるみたいですね。

ビバ・エコブーム。

「いいねぇ。こういうことがあるから、仕事は愉しい」

ニヤリと笑みを浮かべつつ、紀夫さんがかるく発電機をいじります。

たぶん、後で持ち帰るつもりでしょう。

「これなら、看板の明かりをつけることくらい難しくなかろう」

うまく使えば、〝ゾンビ〟の注意を逸らすこともできるに違いありません。

その後、そのコンビニの守りを固めることに。

これに関しては、特に難しいこともなく。

彩葉ちゃんの《怪力》スキルで、あちこちから車やら鉄柵やらを持ってきた結果、かなり頑強なバリケードが完成しました。

「……何度見ても、物理法則に反しているとしか思えないですねぇー……」

これは、電柱をチョップ一発で叩き折った彩葉ちゃんを見た、明日香さんの感想。

「で、俺たちは何をするんです？」

康介くんが訊ねます。

「調理を」

私は端的に応えました。

「いっぱい食べても飽きない感じでお願いします」

「飽きない……ですか？」

「たぶん、ちょっとどうかしてるくらい食べ物を口に入れることになると思うので、よろしくお願いします」

「は、はあ……」

これは、真摯な願いでした。

ただただ、魔力の補給のためだけに物を口にいれることもできるでしょう。

ですが、それではいずれ味にも飽きがきて、飲み込むのに時間がかかるようになってしまう。そうなると、次から次へと襲い来る〝ゾンビ〟の群れに対処できなくなる可能性もありました。

素早い補給と撃退。

今回のミッションに求められているのは、それ。

決して、「せっかくなら美味しいもの食べたい」という気持ちの現れではありません。

ありません。

そうでは、ありません（念押し）。

「大丈夫だセンパイ！　各種調味料はバッチリ用意済みだかんな！」

林太郎くんのほうはかなり乗り気で（まあ、彼は何ごとにも乗り気なのですが）、ずらりと並べた激辛系の調味料を見せつけてきます。

「先に言っときますけど、ファミレスでドリンクバー頼んだときにやる悪ふざけみたいな調合とかは、マジでやめてくださいね。吐きますから」

「……？　言ってる意味がよくわからんけど、タバスコって意外と何の料理にでも合うんだぜ！

俺、イタ飯屋に出かけたら、必ず一瓶は使うんだ！」

むせるわ。

林太郎くんから調味料を取り上げる理津子さん。

「……味の調整は、私がやります。林太郎は片っ端からお湯を作って」

「お、おう」

お願いしますよ、ほんと。

「あ、それと、甘いものばかり出されても困ります。甘いのと辛いのを交互に。バランスよく」

「うす」

「あと私、猫舌なので、あんまりアツアツな料理もＮＧ。ほどよく冷ましてくださいね」

「了解です」

「さらに言うと、紫蘇（しそ）が入ってるものが苦手です。そういうのは避けていただきたく」

「肝に銘じます」

「わさびは基本大丈夫ですけど、鼻にツーンとくるようなのは勘弁」

「万事お任せください」

私の注文を、いちいち生真面目に応えてくれる康介くん。ええ子や……。

まあ、料理の献立でハシャイだ結果、全滅……、とか。

そんな間抜けた死に方だけはしたくないってだけかもしれませんが。

*

……で。

戦いに挑む前に、さくさくっとレベル上げ作業、済ませちゃいますか。

今回は山程の〝ゾンビ〟を相手にしなければならない、とのことで、なるべく遠距離攻撃ができそうなスキルから順番に取っていくことにしました。

ってわけで、取得したスキルは、《必殺剣Ⅱ》、《必殺剣Ⅲ》、《必殺剣Ⅳ》、《必殺剣Ⅴ》、さらに〝ゾンビ〟との戦いに備えて、《火系魔法》のⅣとⅤ、ついでに《攻撃力》をⅢまでゲット。

ってわけで、現在の私のスキルをまとめますと、

〝流浪の戦士〟
レベル：42
○基本スキル
《剣技（上級）》《パーフェクトメンテナンス》《必殺剣Ⅰ～Ⅴ》
《自然治癒（強）》《皮膚強化》《骨強化》
《飢餓耐性（強）》
《スキル鑑定》
○魔法系スキル
《火系魔法Ⅰ～Ⅴ》《治癒魔法Ⅰ～Ⅴ》

○ジョブ系スキル
《攻撃力Ⅲ》
《防御力Ⅴ》《鋼鉄の服》《イージスの盾》
《魔法抵抗Ⅱ》
《精霊使役Ⅰ》《精霊の気配Ⅰ》《フェアリー》
○共有スキル
《縮地Ⅰ》
《隷属》《奴隷使役Ⅴ》

……えっ？
〝精霊使い〟から〝強奪〟したスキルは今、どうなってるのかって？
ふっふっふ。
あれからびっくりするくらい音沙汰無しです。
時々、「フェアリーちゃんおいでー！」っつって呼びかけたりはしてるんですけどね。
ひょっとして私、取っても無意味なスキル取っちゃったのかな。しょぼん。
ついでに、彩葉ちゃんのスキルもまとめときます。

〝正義の格闘家〟
レベル：35

○基本スキル
《格闘技術（上級）》《必殺技Ⅰ～Ⅴ》
《自然治癒（強）》《皮膚強化》《骨強化》
《飢餓耐性（強）》
○魔法系スキル
《火系魔法Ⅰ～Ⅲ》《雷系魔法Ⅰ～Ⅳ》
《治癒魔法Ⅰ～Ⅲ》
○ジョブ系スキル
《縮地Ⅴ》《鉄拳》
《怪力Ⅴ》《心眼》
《千里眼Ⅰ》
○共有スキル
《防御力Ⅰ》

こんな具合。
まあ、対〝ゾンビ〟としては申し分ないスキル構成じゃないかな、と。

＊

調理のほうは仲間にお任せしつつ、試しに《必殺剣》の効果を全部確認していくことに。

バリケードの外。

周りに〝ゾンビ〟以外の人がいないことを確認して。

「──《必殺剣Ⅰ》」

すると、刀が一瞬、金色に輝きました。

試しに、そこらをお散歩していた〝ゾンビ〟を斬りつけると、見事な切れ味でバッサリ真っ二つになります。

《エンチャント》の、一振りで効果が終了するバージョン、と考えればいいかな。

こっちのほうがコスパ高いとか、そういうメリットがあるのかもしれませんが……これだとちょっと使いにくいかな？

では次。

「──《必殺剣Ⅱ》」

やっぱり刀が金色に輝きます。彩葉ちゃんの《必殺技》でも似たような現象が起こりますけど、これ、なんなんでしょう？　なんかの波動エネルギー的なサムシングでしょうか。

とりあえず適当に素振りしてみると、ぎゅん、と、金色の刃が三倍ほどに伸びました。

フムフム（メモメモ）。

攻撃範囲が一時的に広がる技ってことでしょうね。〝ゾンビ〟に囲まれたときには使えそうです。

さらに次。どんどん行きますよ。

「──《必殺剣Ⅲ》」

うーん？　これはよくわかりませんね。

刀が、ものすごい勢いでブレてるように見えます。

試しに、そこら辺でぼんやり日向ぼっこを楽しんでいる〝ゾンビ〟さんを斬りつけると、
どぐしゃぐしゅぐしゅずごばしゅどがっ。

「う、うわぁ……」

見るも無残な結果に終わりました。

〝ゾンビ〟の肉体が、一瞬にして細切れになったのです。

どうやら、一振りしただけで連続で剣撃を叩き込んだ感じになるスキルのようで、〝ゾンビ〟相手には少しオーバーキルですね。

っていうか、戦闘が始まる前なのに、さっそく返り血を浴びてしまいました。

ああ……（鬱）。

では次ー。

「――《必殺剣Ⅳ》♪」

歌うように言うと、また、金色に輝くエネルギー的な何かが刀を包みます。

……ふむ？　見たところ《必殺剣Ⅰ》とそんな変わらない感じですが。

とりあえず素振りをえいっ。

びゅお！

風を切る音と共に、刀からエネルギーが迸ります。

エネルギーの塊は、数十メートルほど向こうにあるビルの壁面をずたずたに引き裂いた後、風の中に溶けていくように消失しました。

おおっ。こういうのを待ってたんですよ！

『ゼルダの伝説』で、ヒットポイント満タンのリンクが放つアレみたいなやつです。

これで、刀による遠距離攻撃が可能になりましたね。

この〝ゾンビ〟戦、勝ち確定ってやつですよ、これもう。

個人的には今のでもう満足なのですが、せっかくですし最後まで試してみますか。

「――《必殺剣Ⅴ》」

するとどうでしょう。

《必殺剣Ⅳ》のときとはひと味違った、……銀色の光？　波動？　なんかそんな感じの、得体のしれない何かが刀を包み込みました。

似たような効果の技ってことかな？

あるいは、《必殺剣Ⅳ》の上位互換とか。

ってことで、テキトーにビルへ向け、刀を横薙ぎに振るいます。

……すると。

まったく想定していない出来事が起こりました。

ずッどおおおおおおおおおおおおおおおおおおおおおおおおおおおおおおん！

ものすごい轟音と共にビルに衝撃が走り、その一部が倒壊。

ゴジラがワンパンしたみたいな感じになります。

「な、なんだなんだ！」「どうした！」「いまの、センパイがやったの？」

コンビニで細々とした作業を進めていたみんなが驚いて、ビルを見上げました。

「あっ、えーと、その……」

アッチャーヤラカシター。

今の音で、高架下に集まっていた〝ゾンビ〟の注目をもれなく集めたことは間違いなく。

「……こほん」

咳払い（せきばらい）を一つ。

私は刀を高らかに掲げ、

「さあみなさん！　今こそ戦いのときです！」

「えっ、でも、もう少し暗くなってから始めるって……」

「状況は刻一刻と変わっていくものです！　奴らが来ますよ！　さあ！」

みんなの視線が冷たい。

ですが、へこたれてもいられません。

「……遊んでる時間は終わりってことだ！　さあ、来るぞっ」

波のように押し寄せる〝ゾンビ〟の群れを前に、紀夫さんが叫びました。

＊

日の入り前。

私たちは〝ゾンビ〟の群れを前に、臨戦態勢に入っていました。

「看板を点灯させろ！　〝ゾンビ〟の注意を逸らすぞ！」

「付けました！」

「カセットコンロは？」

「ＯＫっす！」

「手はずどおりの順番でいく。調味料で味を変えていくのは最後の手段にしよう」

「押忍！」

頼もしい仲間に恵まれて、感謝感激ですな。

「ねーちゃん、こっちだ！　まずあーしが出る！」

彩葉ちゃんは、すでに所定の位置でスタンバってました。

当初の予定では、私がまず〃ゾンビ〃の相手をする予定でしたが、ここは彼女に任せることに。

実を言うと、すでにちょっと魔力切れを起こしつつあります。

どうやらあの《必殺剣Ｖ》、一撃の威力は高いようですが、魔力の消耗が激しいようでした。

「まずは『本格ロシアンスープ・ボルシチ』、行きます！」

間髪容れず注がれた、赤色のスープ。

香ばしい匂いに食欲を刺激されつつ、ゴクリと一気飲みします。

「次、『柔らかい食感が嬉しいカステラ』って名前の缶詰ですぅ。どうぞ～」

ふむ。これは美味しい。缶詰のカステラというのは初めてですが、さくさく食べれます。

一つ一つ小分けされているのもポイント高し。お茶がよく合いますね。

「……では次。様々な海鮮系の缶詰をご飯に載せた、即席の『海鮮丼』っす！」

たこ、まぐろ、さば、エビなどが醤油で味付けされた丼です。

いくらの缶詰がないことだけが残念でした。

「次に、センパイの好きな『たこのけの里』を。……なんか、プレミアムバージョンだそうです」

差し出されたのは私の好物、『たこのけの里』。

いつものやつより上品な口当たりで、ちょっとサイズが大きい感じ？

一つ一つ味わって食べられないことだけが口惜しい。

「『カルボナーラパスタ』と『コーンスープ』です！」

前者はレトルト食、後者は缶詰。

どちらも、レストランで出ても遜色ないレベルでした。

「非常用のパンの缶詰です！　チョコチップ、レーズン入りのものを選びました」

むしゃむしゃむしゃり。ウマイ！

これさえあれば、人類はまだまだ戦える……気がします。

賞味期限を見ると、なんと五年も保つようで。

そのころには〝ゾンビ〟が一掃されてたらいいんですけど。

「缶詰だけで作った『サラダ』と、スパム入りの『炒飯』だ。……ってか君、あとどれくらい食べるんだい？」

「もうちょい」

答えつつ、コーラをごきゅごきゅと一気飲み。

サラダは、アスパラガス、コーン、マッシュルーム、トマト、たけのこなどが中心。

悪くないですけど、レタスやキャベツがないのが寂しいですねー。

「『桃缶』だ。風邪引いたときに食ったことあるが、けっこーウマイっすよ、これ」

ふむ。こりゃまたジューシィ。

噛めば噛むほど果汁が口の中に広がります。

「ほら、牛丼とカップ麺だ。食べなさい」

遂にカップ麺が投入されましたかー。

日頃食べているせいで飽きちゃってるとこあるんですけど、……む？　これは……。

「馬鹿な。……トマトジュース……だと……？」

どうやら、お湯の代わりに温めたトマトジュースを注いだらしく。

しかも、なんか他にもトッピングが。……これは、チーズ？

奇妙な組み合わせに聞こえるかもしれませんが、このカップ麺には意外なほど合いました。

「カップ麺のアレンジなら任せろ。仕事で遅くなりがちだから、いつも夜は一人飯なのだ」

と、親指を立てて、日比谷紀夫さん。

「お、親父……」

そんな父の姿を、康介くんは微妙な表情で見ています。

そして最後に、気付けのブラックコーヒーを一気飲み。

「ぃよーし！」

立ち上がり、頬を叩きます。

充塡完了。

「彩葉ちゃん！　代わります！」

バリケードを乗り越えつつ叫ぶと、彩葉ちゃんが見たこともない技を〝ゾンビ〟に叩き込んでいるところでした。

「どおりゃあああああああああ！　奥義！　──《ギャラクシー・スター・クラッシュ》！」

あー……。

《ギャラクシー・スター・クラッシュ》。

漢字ネームで統一するの、諦めちゃったかー。

ま、ネーミングセンスは人それぞれですし、なんでもいいですけどね。

どうやら、前方十数メートルに謎のエネルギー波を発生させ、攻撃範囲内にいる敵を空高く吹き飛ばす技のようです。

〝ゾンビ〟の破片が吹き飛んでいく様は、さながら空に浮かぶ星、……に、見えなくもない？

ずいぶん汚い星だなぁ（率直な感想）。

「じゃ、あーしは戻るよ」

言いながら、余裕の表情で彩葉ちゃんはバリケードの中に飛び込んでいきます。

彩葉ちゃんのお陰で、〝ゾンビ〟たちはかなり数を減らしているようでした。

ただ、まだまだ在庫切れとはいかないご様子。

『ぐるぁっ』

『ごおおお……』

『おおおおおおおおお…………』

『ぐ、ぐぐぐぐ、ぐぐ、ぐうぅうううううう……』

狭い通路をぎゅうぎゅう詰めで押し寄せる〝ゾンビ〟たち。

悪夢で見た光景そのものって感じです。

この分だと、全部仕留め終えるまでかなりかかるでしょうねー。

「すー……はー……」

深呼吸。

心を無にします。

血をばら撒きながら飛び散る内臓とか。

鼻につく屍肉の臭いとか。

意思のない、空虚な唸り声とか。

そういうのを意識していたら、精妙でなければならない剣さばきに乱れが生じるためです。

「よーし、それでは……」

ひたすら《必殺剣Ⅳ》を連発する作業、開始ー。

女子高生編：その3　沖田凛音

沖田凛音（りんね）が処女を散らさずに済んでいるのは、ほとんど奇跡に近かった。

もちろんそれは、彼女の祖父であり、このコミュニティのリーダーでもある沖田隆史（たかし）の保護下にあった、というところも大きい。

だがそれ以上に、男どもが互いを牽制（けんせい）し合った結果だとも言えた。

――凛音に手を出した者は、それ以外の者から袋叩きに遭う。

そういう暗黙のルールが、そのコミュニティ全体を覆っていたのだ。

*

凛音は美しい娘であった。

凛音自身、自分の魅力に気づかずにはいられないほどに。

多くの男子が、自分を前にすると舌足らずになる。時には、かなり歳の離れた男でさえ。

いっとき、男とは基本的に知性の足りないものだと考えていたこともあった。

そしてそれは、彼女の人格形成に多大な影響を与える。

いつしか彼女は、自分を女王だと思うようになっていた。

＊

凛音の住まうコミュニティ、――それは、彼女の祖父が経営していた自転車屋のすぐ前。高架下にあった。

頑強なフェンスに囲われた、元は自転車置き場であった場所である。

〝終末〟が訪れて以降の祖父の行動は素早く、そして人道的だった。

自転車を解体し、まず自身の住処(すみか)である自転車屋にバリケードを構築。そのまま自転車置き場と店を繋ぎ、多くの人が避難してこられる安全地帯を作り上げた。

その上で、都心では珍しい自家用の浅井戸を、みんなが使えるよう開放したのである。

凛音は、密(ひそ)かにこれを愚策だと考えていた。

人間は甘い汁に群がる生き物である。

そして、無思慮な人々が一ヵ所に集まった結果、悲劇が生まれるのだ。

＊

結局のところ。

こういう状況になってわかったのは、思ったよりも多くの人が暴力に耐性がないという事実だ。

むやみに他人を傷つけてはいけない、だとか。

鈍器や刃物を振り回してはいけない、だとか。

これまでの社会で構築された〝常識〟という壁は大きい。

バリケードに張り付く〝ゾンビ〟を処理する行為ですら多くの人は嫌がり、〝ゾンビ〟殺しは忌むべき仕事とされた。

そうした仕事をさせられるのは、——知性とモラルが低く、他者の感情を平気で無視できるような、……元の世界であれば、「空気が読めない」とされていた者ばかり。

「股ぐらおさえりゃ、素直になるさ。だろ？」

バリケード越しに〝ゾンビ〟を始末しながら、ふと、そういう男の一人が漏らしていたのを思い出す。

そのときから嫌な予感がしていたのだ。

凜音が強姦されかけたのは、その二日後のことである。

今でも夢に見るような、最低最悪の経験だ。

救われたのは、常日頃から仲良くしていた小学生連中が、事態をいち早く察知してくれたからに他ならない。

彼らの仕打ちに、多くの人は怒りを露わにした。

「許せん」とか。

「殺す」とか。

「やっつけてやる」とか。

そんな言葉を口にする人が多くいた。

だが。

それでも。

結局、その救い難(がた)く愚かな男たちは、コミュニティを追放されるだけの処分に終わる。

誰一人として、死刑執行の役目を請け負いたがらなかったためだ。

凜音は、今でもその男たちを殺してしまうべきだったと考えている。

*

残酷な結末が、すぐそこにまで迫りつつあった。

バリケードに張り付く〝ゾンビ〟が、続々と集まってきているのである。

本来であれば、奴らを見かけたら片っ端から始末しなければならないのだが、凜音のコミュニティはそれを怠っていた。

追放した男たちの代わりを用意できなかったためだ。

凜音は、時折こう考えることがある。

あの男たちに身体を許していれば、この場所はずっと安泰でいられたのではないか、と。

そう考えると、この場所が〝ゾンビ〟に囲われつつあるのは、自分にも責任があるわけで……。

凜音はそれから、食べ物を口に入れるたび、反吐(へど)を吐くようになってしまった。

*

最後の希望でもあった物資調達班が戻らない。

途中で〝ゾンビ〟に襲われ、息絶えたのか。

それともこのコミュニティを見限ったのか。

いずれにせよ、いま、その場所に残されているのは老人と女子供だけになった。

「睡眠薬がある」

祖父が、疲れ果てた表情でそう言ったのは、今朝のこと。

「これを一瓶、まるごと使うんだ。……いいか。最後まで取っておいたこのヨーグルトに混ぜて、一気にかっこむ。朝食でコーンフレークを食べるのと一緒だ。それで楽になれる」

それは、祖父の優しさだった。

美しい孫を、美しい姿のまま逝かせたい、と。

だが、凜音は知っていた。

死は決して美しくない。

腐り果て、ひどい臭いをあたりに撒き散らす、蠅(はえ)と蛆(うじ)まみれの肉の塊に成り果てるだけだ。

この世に存在する美しいものは、生きた人間によってのみ生み出される。

この期に及んでなお、彼女は生き抜くつもりでいた。

＊

日が沈むころ。

「姐(あね)さん、今にもバリケードが破られそうですぜ」

そんなふうに声をかけてきたのは、青山良二(あおやまりょうじ)という少年だ。

歳は十一。いがぐり頭で、なかなか可愛らしい子である。

「しゃーないわね」

深い嘆息。覚悟は、とっくの昔に固まっていた。

「武器を持ちな。戦うよ」

「戦うって……俺たちだけで？」

「当たり前だろ。他に誰がいる？　スーパーヒーローが駆けつけてくれるとでも？」

「実を言うと、ちょっとだけ期待してます」

「奇跡にすがるのもいいさ。でもね、そういうのはきっと、努力して努力して、もうダメだって思っても努力して、……そうした人にだけ訪れるもんさ」

「はあ」

良二の表情は懐疑的だった。彼の伯父に、二十年親元で脛をかじった末に宝くじを当てて、その金で悠々自適の生活を送っている者がいたためである。

凜音は祖父の自転車屋を後にして、バリケードを通り、みんなの元に戻った。

刀（祖父が趣味で収集していた模造刀だが）を掲げ、

「さあ、みんな！　戦いのときだよ！」

ジャンヌ・ダルクのように叫ぶ。反応する声はまばらだった。

みんな、すべて諦め、死を受け入れつつある。

どのような良心的な者でも、この世にたった一人だけ殺すことができる人間がいる。

それは、――――自分自身。

血を見るくらいなら、流れのままに死を選ぶ。実は、そういう人間は少なくない。

戦える者はほとんど残っていなかった。

彼女の前に集まったのは、物資調達班から外されていたオタクっぽい中学生男子二人と、青山良二を始めとする、八人の小学生たち。

そして、気骨だけは一人前の老人が一人。

「まず、バリケードの反対側をわざと破壊する。そこから〝ゾンビ〟たちが入ってくるだろうから、頃合いを見て中央突破するんだ。運がよけりゃ、一人二人は助かるだろ」

「でも、……うまく突破できたとして、雅ヶ丘に人がいる保証はどこにも……」

「ずいぶん前に花火が上がったの、見たやつがいたろ。きっと生きてる人がいる。信じるんだ」

「しかし……」

「〝でも〟も、〝しかし〟もやめにしよう。最期まで自分の意志を貫く。生き残った者は、死んだ者の遺志を引き継ぐんだ」

あたりは暗くなり始めていた。

バリケードは軋み、今にも押しつぶされそうになっている。

若かろうと、老いていようと。

男だろうと、女だろうと。

美しかろうと、醜かろうと。

すべての者にとって平等な〝死〟が、すぐそこまで迫っていた。

「あっあの……凜音さん……」

腫れぼったい目をしたメガネ男子が、前に歩み出る。

「ん？　どうかした？」

「これ……受け取ってください」

差し出されたのは、金のロザリオだ。

「うち、仏教徒なんだけど」

「わかってます。でも俺、あげられるものがこれしかなくて……」

これは、彼の気持ちなのだと思った。

凜音はそれを受け取って、

「ありがとね」

言いながらも、神なんかには意地でも祈ってやるものかと考えている。

そして、今の自分にできる最大の礼として、明るい笑みを浮かべた。

「は、はい……！」

同時に、バリケードが軋む音が、一際大きくなる。

遂に防御が破られたかと思うほどに。

「……！　時間はなさそうだ。……すぐにでも……」

覚悟を決めた、そのときだった。

どっごおおおおおおおおおおおおおおおおおおおおおおおおおおおおおおおおおおおおおおおん！

ここからそう離れていないビルから、轟音。

見上げると、すぐそこにあるビルに、ゴジラがワンパンしたみたいな大穴が空いている。

「なっ……なんだあれ？」

暫定的にこの場を取り仕切る身としては、その異常がどういうものか、見極める必要があった。

新たなる脅威か。

あるいは、――奇跡に恵まれたか。

続けて、何かが〝ゾンビ〟を蹴散らしているとわかる。

「戦車だ！　きっと自衛隊が助けにきたんですよ！」

良二が叫んだ。

「伯父さんの言ってたとおりだ！　テキトーに生きてても、わりとなんとかなるって！　自分の運を信じろって！」

なんだろう。あまり教育によくない前例を与えてしまった気がする。

「安心するのは早いよ。ここいらに集まった〝ゾンビ〟の数を見な。負ける可能性だってある」

ただ、その懸念はいつしか、煙のようにかき消えていた。

少なくとも、〝ゾンビ〟と戦っている何者かが押されている様子はない。

「すげえっ。どんどん〝ゾンビ〟が減ってく！」

その場にいた者たち全員の顔に、しばらくぶりの感情が芽生えていた。

恐らくそれは、〝生きる希望〟と呼ばれる類のものだ。

やがて彼らは、〝ゾンビ〟を相手にしているのが、たった二人の人間……しかも、年端のいかない女の子だと気づく。

一人は、凜音と同じくらいの歳。

そしてもう一人は、中学生くらいの小柄な娘。

「あれって……」

以前、食料調達班の男たちが言っていた言葉を思い出す。

鬼のように強い女剣士を見かけた、と。

最初は悪い冗談だと思った。

悲惨なニュースが続く中で、希望をみんなに植え付けようとしたのだと。

だが、そうではなかったわけだ。

「……〝勇者〟……」

良二が興奮気味に口走る。

「ん？」

「ほら、以前、噂になったでしょ？　〝勇者〟を名乗る女の人が現れたって。きっとあの人たちがそうですよ」

やれやれ。

〝ゾンビ〟ってだけで物語めいているのに、今度は〝勇者〟か。

「うおおりゃぁあああああああああああああああああああッ！」

女剣士の叫び声は、もはや聴こえる位置にまで近づいていた。

目を細めて、その姿を確認する。

「――――ッ！」

「どーしたんです？　姐さん」

「あのジャージ、見たことあるよ……ははは っ！　何が〝勇者〟だ。ありゃ、あたしの同級生の誰かだ」

「同級生？　……ってことは、〝雅ヶ丘高校〟の生徒さんで？」

「ああ……ッ」

〝ゾンビ〟に阻まれて、その顔まではわからない。

知ってる娘だろうか？

凜音は、思わずバリケードに飛び乗って、顔を見ようと試みる。

「ちょ、姐さん！　危険ですよう！」

制止する声も聞かず。

ふと、数匹の〝ゾンビ〟が、彼女を取り囲むのが見えた。

「ああ……っ！」

もはやここまでかという、みんなの落胆した声。

だが次の瞬間、一匹の〝ゾンビ〟を足場に、女剣士が空高く飛び上がる。

月を背に。

全身をどす黒い血で染めた少女と、目が合った気がした。

ぽかんと口を開ける。

目を疑う。

決意に満ちていた気持ちが、大きく揺らぐ。

なんで、よりによってあの娘が？

いいいいいいい
「どうしました？　姐さん？」

「……あたし、あの子のこと、知ってる」

呆然(ぼうぜん)として、呟く。

「同じクラスの子だよ。名前は……」

本名は思い出せない。

ただ、あだ名のほうは有名だった。

「〝ハク〟って呼ばれてた娘だ」

着地と同時に、彼女を取り囲んでいた〝ゾンビ〟の首が一斉に刎(は)ねられる。

目にも留まらぬ早業だ。

なるほど化物めいている。〝ゾンビ〟など問題にならないほどに。

きっと自分たちは助かるのだろう。

だが不思議なことに、凜音の心は、どんよりと曇り始めていた。

＊

「麻婆豆腐(マーボーどうふ)とカレーを混ぜた『マーボーカレー』っす！　どうぞ！」

うっ、うまい！

でも、カレーアレンジ系もそろそろ飽きてきたというか。もう五皿目ですからねー。

みんなの表情と発想力にも、だんだん疲れと限界が見え始めています。

「あと、……どれくらいだ？」

日比谷紀夫さんが、深いため息をつきました。

「材料がないわけじゃないが、さすがにウマそうな組み合わせが思いつかなくなってきた」

「ご安心を、もうそろそろ……」

そこで、ひょっこり彩葉ちゃんが顔を出して、

「次で終わると思うー」

という、嬉しいお知らせ。

「そうか……！」

紀夫さんの表情に希望が見えます。

「まあ、倒した〝ゾンビ〟を焼く仕事が残っているので、もう何度か往復する必要があるでしょうけどね」

「それくらいなら、我々も手伝おう」

「助かります」

あたりはもう、完全に暗くなっていました。

《心眼》スキルをもつ彩葉ちゃんは問題にならないようですが、私には危ないことこの上なく。

ま、噛みつかれたところでほとんどダメージないですけど、やっぱ精神的にクルものがありますからね。服を破られたりするのも嫌ですし。

「──《エンチャント》。──《ファイア》」

松明(たいまつ)代わりの《火系魔法》で、生き残っている〝ゾンビ〟をずばずばーっとやっていきます。

すでに、コミュニティを取り囲む〝ゾンビ〟はほとんど一掃されていました。

「ふんふーん♪　るるるるるー♪」

鼻歌を歌いつつ、恐らくこれで最後と思しき群れへと斬りかかります。

ぷちぷちと虫を潰していくような作業の後、最後の一匹を始末すると、

——おめでとうございます！　あなたのレベルが上がりました！

——おめでとうございます！　あなたのレベルが上がりました！

——おめでとうございます！　あなたのレベルが上がりました！

——おめでとうございます！　実績〝ゾンビがみる悪夢〟を獲得しました！

——おめでとうございます！　実績〝救世主〟を獲得しました！


レベルアップのファンファーレと共に、実績が二つ。

何気に実績解除ってわりと久しぶりですねー。

っていうか上がったレベル、三つだけか。しかもこれ、人助け判定も含めた結果ですよね。

けっこう〝ゾンビ〟ぶった斬ったつもりなんですけど。

〝ゾンビ〟の経験値って、ほとんどスライムレベルなんでしょうねー。

百花さんは、『あの〝歩く死者〟どもは、魂の器だけ残ったほとんど空っぽの存在だから』とかなんとか言ってましたが。

厄介なくせに、ほとんどレベル上げの足しにもならないって、困った連中ですよ、まったく。

＊

「はーいみなさん。もう安全ですよー」

バリケードを乗り越えつつ、中のみんなに声をかけます。

怯えたような、何かを期待するような……、そんな視線が私を見上げていました。

「あ、……ありがとうございます」

彼らを代表するように、いがぐり頭の小学生が口を開きます。

周囲を見回すと、このコミュニティにいるのが、女性と子供、そしてお年寄りばかりだとわかりました。

「大人の……ええと、男の方は？」

「みんな、どっか行っちゃいました」

はあはあ、なるほど。どういうアレかわかりませんが、悲劇が起こった、と。

そこで、

「どーいうかんじー？」

彩葉ちゃんが登場。

レベルアップのファンファーレで〝ゾンビ〟を始末し終えたことがわかったのでしょう。

「この中に、リーダーっぽい方とかいらっしゃる？」

訊ねると、子供たちがお互いの顔を見合わせました。

「……リーダーっていうと……、やっぱ姐さんかな？」

ほう。姐さん。

「その方は？」

「ええっと、さっき、そこの自転車屋に」

見ると、高架下の安全地帯に通じる形で、一軒の自転車屋がバリケードに囲われていることに気づきます。

「ではでは、ちょいと挨拶を……」

そのときでした。

「だ、誰かァ！」

その自転車屋さんの中から、金切り声が上がったのは。

「姐さんの声です！」

いち早く、私と彩葉ちゃんが自転車屋に向かいます。

がらんとした店内を抜け、声がした場所、……二階の居住スペースに向かうと、一人の女の子がうなだれていました。

「どうしました？」

「じ、ジイちゃんが……」

見ると、ベッドの上でご老人が一人、泡を吹いています。

そのすぐ横には、睡眠薬が一瓶と、ヨーグルト。

この組み合わせで、コーンフレークでも食べるみたいにムシャムシャっとやったのでしょう。

なんとまあ……。

睡眠薬による自殺って、失敗することが多いと聞きましたが。

「彩葉ちゃん。《治癒魔法Ⅱ》を」

「がってん」

腕まくりしつつ、彩葉ちゃんが柔らかい光をご老人の身体に当てました。

「い、いったい何を……」

「お任せあれ」

一流のお医者さんのように、自信を持って言います。

もちろん、私のほうも黙ってみていることはしませんでした。

綴里さんと連絡を取り、一時的にスキルを譲り受けた私は、彩葉ちゃんと二人がかりで《治癒魔法》をかけることに。

「………………………………………………………………………………ぐ、ぐぬぅ」

彼が息を吹き返したのは、それから間もなくしてのことでした。

「う、うそ……」

そのお爺さんの親族と思しき娘が、感嘆の声を上げます。

いやー。やっぱり、いいことするって気分がいいですね。

——おめでとうございます！　実績〝解毒と救命〟を獲得しました！

ついでに実績もゲット。

「うむ……ここは、…………？」

すっかり顔色がよくなったお爺さん。

治癒魔法をたっぷりかけたので、死にかける前より健康になったはずです。

「ジイちゃん！」

「なんてこった。……まだ生きてるとは……」

「もう大丈夫なんだよ！　大丈夫。……助けが来たんだ……」

「おお……そうだったか……すまんかった……」

娘さんが、ぎゅっとご老人を抱きしめます。

感動の場面でありました。

私と彩葉ちゃんは、空気を読んでその場から退出します。

居住スペースを抜け、自転車屋に出たあたりで、

「ちょっと待って！　〝ハク〟！」

さっきの女の子が、追いついてきました。

「……はい？」

首を傾(かし)げます。

吐く？　少なくとも、何かを吐き出したい気分じゃありませんけど。

「失礼ですが、人違いでは？」

「あ、……ああ……。あんた、自分がどう呼ばれてたかも知らないのか」

？　？？

頭にクエスチョンマークを並べる私を、その娘は妖怪でも見るような眼で、

「ひょっとして、あたしにも見覚えがない、とか？」

そこでようやく、彼女の顔を見ます。まじまじと。

……？

…………。あ、あー。

「あなた、沖田凜音さん？」

「そうだよ。……ってか、まさかとは思ってたけど、今気づいたのかい？」

言われてみれば、間の抜けた話で。

私服姿なんでわかりませんでした。

「傷つくね。あたし、クラスの中じゃ目立つほうだと思ってたんだけど」

苦笑いする凜音さん。

「……話したいことは山程ある。……けど、……とりあえず頭を下げとく。ありがとね。みんなを救ってくれたんだろ」

私はというと、いつだったか、明日香さんが言っていた言葉を反芻（はんすう）していました。

『センパイだってそうでしょう？　当時起こったことは、……なんてゆーかな？　遠い、夢の中の出来事のような。そんな感じですから♪』

まさしく彼女の言うとおり。

夢の中の登場人物が、現実に登場したような。

なんだか、そんな気分でいました。

*

沖田凜音さんは、クラスの中でも飛び抜けて美しい娘でした。

どの程度美人かっていうと、……うーん、すれ違った人がびっくりして、思わず振り返っちゃうくらい？

よく、パソコンで加工した女の人の写真、あるじゃないですか。

彼女は、なんかそういう、少し現実味のないレベルの美人さんなのです。

しかも、そうした美人さんにしては、性格もサバサバしていて社交的。

ま、要するに、私のような日陰者とは、真逆の立ち位置の女生徒だったわけです。

「では明日、日が昇り次第に車を修理して、その後〝雅ヶ丘高校〟へ順番に移送する感じで」

「ああ、すまないね……。……それで頼むよ」

コミュニティを代表して、沖田隆史さんが応えます。

その表情からは、明らかに元気を失っている様子がうかがえました。

ま、一時は自殺しようとしていたわけなので、それで元気ハツラツとしてたら、それはそれでおかしな話ですけど。

「ちなみに、我々の寝床は……」

「ここを去った者のテントが余っているはずだ。好きなのを使っていい」

「どもです」

というわけで、私たちはそのコミュニティで一晩過ごすことに。

そこで我々は、ささやかな歓迎を受けることになりました。

今夜限りでこのコミュニティを去ることがわかったので、これまで貯め込んでいた食料を大盤振る舞いしてくれたようです。

「本当に、……呑んでも構わんのか？」

「ええ、どうぞ。何かあった場合は、私が対応します」

「しかし……」

「いいですから」

本当は一杯やりたいくせに、形だけ遠慮してみせる紀夫さん。

「では、女神様に感謝！」

なんて、らしくもないお世辞をいう始末。

私のほうはすでに魔力の補給を終えているため、食べ物を口に入れる必要がありません。

のんびりとバリケードを見まわったりして、夜を過ごすつもりでいました。

「……にしても、やっべーな、あの凜音って人。おっぱいでかいし」

「ああ、テレビの中の人みたいだよな」

ふとそこで、二人の男子の話し声が。

壊れかけたバリケード周辺の見張りに立ってくれている、林太郎くんと康介くんです。

「いっしょうけんめい頼んだら、おっぱい揉ませてくれるかな？」

「バカ言え」

「そうかな？　オレっちらってさ。なにげにヒーローなわけじゃん？　ひともみくらい許される気がするけど」

「気持ちはわからんでもないが。……やっぱダメだろ」

「でもさ、考えてみろよ。なんでおっぱいって、触っちゃいけないんだ？」

「なんで……って。うーん……」

「手とか、肩とかさ、そういうところなら許される風潮あるじゃん。でも、尻とかおっぱいになると途端にダメになるじゃん。なんで？」

「やっぱ、性的なアレを連想するからじゃないか？」

「別に、エッチさせてくれとは言ってないのに？」

「そういう眼で見られること自体、女の人は嫌なのかもしれない」

「そうなの？　でも、女子ってアイドルに憧れたりするじゃん。アイドルって、不特定多数の相手から、〝そういう眼〟で見られる職業だろ？」

「そりゃ、そうかもしれんが」

「……オレっちさ、時々、自分が女だったらって考えるんだけどさ」

「男なら誰しも、必ず一度は想像するって聞くな」

「そうなったらさ、たぶんさ、ダチに揉みたいってヤツいたら、別に揉ませてやってもいいって応えると思うんだよな」

「ふむ。確かに、胸揉ませるくらいなら、ボランティア精神を発揮してもいい気がする」

「だろ？　さすがにエッチとかは嫌だけども」

「ああ。エッチまでいくと、なんか違うな」

「つまるところさ。女子はみんな、おっぱいを出し惜しみしてるんじゃないかって思うわけよ」

「ほう……」

「奴ら、ホントのとこは、揉まれたって別に構やしないんだ」

「かもな」

「じゃ、ちょっとくらい揉んだっていいじゃん」

「せやろか」

「挨拶代わりに女子のおっぱいを揉む。……いつか、そんな世の中になればいいなって、オレっち思うんだ。『どうもこんにちは、おっぱいつんつーん！』って。コースケはどう思う？」

「〝どう思う〟と言われても、……どうかしてるとしか……」

なんだこの会話。

二人はこちらに背を向けているため、私の存在には気づいていません。

さて、どう話しかけるべきか……。

……と。

そのとき、月夜に照らされて、誰かが駆けていくのが見えます。

一瞬だけ見えたその顔には、見覚えがありました。

沖田凜音さんです。

「俺が思うに、おっぱいっていうのは……って、うわっ！　せ、センパイ……！」

無視して、私は二人の前を通り過ぎました。

なんだか、凜音さんがちょっと尋常ではない感じに見えたためです。

＊

「うえ、おえぇぇぇぇぇぇ……ッ！」

追いつくと、凜音さんが夕食を排水口に流しているところでした。

「こんばんは。ごきげんいかが？」

「うっ、うっ、うっ……」

凜音さんは目に涙を溜めながら、

「いいように見えるってのかい……？」

それでも、軽口を叩きます。

「お水を持ってきました。口をすすいでください」

ペットボトル入りの水を差し出すと、凜音さんは首を横に振りました。

「助けは借りない」

「なぜです？」

「溺れて摑んだ藁なんて、信用できないってだけさ」

首を傾げます。何が言いたいのか、よくわかりません。

「惚けないで。……なんの見返りもなしに、あんたたちがヒーローを演じるわけないだろ」

「そう言われましても……」

「何が目的か。それを教えな」

……ふむ。なるほど。そう考えちゃう人がいても、おかしくない話で。

「知ってのとおり、ここに残ってるのは女子供、それに年寄りだけだ。あんたらが仲間に加えるメリットは限りなく少ない」

「だからどうだと？」

「男どもに抱かせる女が必要なんじゃないか？」

「……は？」

私は耳を疑いました。

「あたしはバカじゃない。この見た目が、男にどういう感情を与えるかくらい、わかってるさ」

その表情は昏く、冗談を言っている様子はありません。

とても、誰にでも別け隔てなく接していたあの凜音さんと同一人物とは思えませんでした。

「……林太郎くんと康介くんの会話を聞いたのですか？」

「それは関係ない」

どうやら聞いちゃったみたいですね。

しかもたぶん、勘違いするようなところだけ。

彼らも悪気はなかったのでしょうが、極度のストレスを受けた人に聞かせる話題として、あまりふさわしいものではなかった気がします。

「あんたらはきっと、神様からその、得体のしれない力を与えられていい気になってる。普通の人間なんて、自分の思いどおりにできると思ってる。そうだろ？」

どうやら、いろいろと解決しなければならない誤解があるようで。

深くため息をつき。

「……約束します。我々の目的はあくまで人助け。あなたたちを傷つけるような真似はしません」

「信じられるかっ！」

凜音さんは叫びました。

「それに、〝ハク〟。……あんたは、あたしを憎んでるはずだ」

「へ？」

「あのことを忘れたとは言わせない……っ」

「……ん？」

なんとも返答できず。

凜音さんが何を言っているのか、見当もつかないためでした。

記憶を掘り返しているうちに、凜音さんは私に背を向けます。

「あっ、ちょっと……」

それには応えず、彼女は例の自転車屋さんの中へと立ち去ってしまいました。

「あ、あの、センパイ。何が……？」

そこで、私たちを追ってきた康介くんたちが、気まずい表情で現れます。

私は無言のまま、二人の額にでこぴんを喰らわせておきました。

女子高生編：その4　昏い日々

明けて、次の日の早朝。

沖田さんの手助けもあって、横転した軽トラックの修理に成功した私たちは、それぞれの車に避難民を乗せ、〝雅ヶ丘高校〟までの道を往復することに。

向こうでバスを用意してくるそうなので、車の移動は一往復で済むようでした。

＊

ちなみにあれから、凜音さんとは話せていません。

彼女、自室に閉じこもっちゃったらしくて。

沖田隆史さんの話によると、とりあえず〝雅ヶ丘高校〟に移動することは承諾いただけたようですが……。

護衛として残された私は、荷台に避難民を乗せた軽トラが出発するのを見送りつつ、少し人が減った高架下の安全地帯を散歩することに。

「あのぉ……〝ハク〟さん？」

そこで、話しかける声がありました。

見ると、いがぐり頭が一つ。青山良二くんという少年です。

「なんでしょう」

正直、〝ハク〟ってアダ名には慣れてないんですけどねー。

「できれば、ですが」

少年は、すっかり困り果てた表情で、

「姐さんをイジメないでもらえます？」

「いじめるって。……凜音さんに言われたんですか？」

「いえ。そういう可能性もあるかも、って思っただけっす。あんなに元気のない姐さん、見たことないんで」

そう言われても。

いじめてませんし。

むしろ立場的には、向こうがこっちをイジメててもおかしくない感じなんですけども。

「姐さんって、ここじゃみんなのアイドルでしたから、妬まれるようなことも多かったんです」

〝妬まれる〟、ですか。ずいぶんと語彙の豊富な小学生ですねー。

ま、美人さんには美人さんなりの悩みがあるってことかな？

そーいや、〝雅ヶ丘高校〟の避難民にも、モテすぎてトラブルを起こした人がいましたっけ。

「どういう誤解があるかわかりませんが、私は凜音さんのこと、好きですよ」

嘘は言っていません。

彼女は、クラスの中心にいながら、弱い者イジメを許さない人でした。

何より、私みたいな根暗オタ勢にもわりと親切でしたし。

「それがマジなら、いいんですけど」

良二くんは顎に手を当て、思案げに言います。

「実際、今回の一件に関しては、問題は姐さんのほうにある気がするんだよなぁ……。あの人、普段明るい分、いったん落ち込むとどこまでも暗くなっちゃう傾向にあるから」

「はあ……」

「できれば、〝ハク〟さんのほうから、うまいことフォローしていただけません？」

「うーん……」

「我々としても、新しい生活を始める上で、懸念材料は無くしておきたいところですし」

「けねん……」

「じゃ、その一件だけ、ご検討のほど、よろしくお願いします」

うわぁ。

ほんと、礼儀正しい小学生がいたもので。

＊

その後、迎えのバスが到着したのは昼前のことでした。

「いやぁ、ちょっとした〝ゾンビ〟の群れに出くわしちゃってさー」

バスを護衛していた彩葉ちゃんが、チョコレート菓子を噛みながら言います。

「で、ねーちゃんの友達は？」

「友達？　……凛音さんのことですか？　友達というほどの仲では……」

「ん？　でも、同じクラスだったんだろ」

「ええ、まあ」

「じゃ、友達ってことでいいじゃん」

彼女の〝友達〟のハードルって、かなり低いところにあるんですね。

「凜音さんは、……まだ、部屋に閉じこもっているみたいです」

「じゃ、呼んできたら？」

「私が、ですか？　……うーん、彩葉ちゃんにお願いしてもいいですか？」

「なんで？」

「私、どうやら凜音さんに嫌われているようなので」

「だったらなおさら、ねーちゃんが行ってきなよ」

顔をしかめます。

「こんなところでグズグズしているわけにはいかないでしょう？　いつ、〝ゾンビ〟が集まってくるかもわからないですし」

「気まずい感じのまま一緒にバスに乗るほうが、よっぽどよくないと思うけど？」

なるほど。彩葉ちゃんの言葉にも一理あり。

〝ゾンビ〟の処理よりも、人間関係のほうがよっぽど難しい、と、これまで私たちは、幾度となく思い知らされてきたわけで。

「じゃ、いってきます」

ここは、彼女の言葉に従う場面のようでした。

「不器用なねーちゃんに、いっこだけ、あーしからヒントをあげよう」

「……なんでしょう？」

「あの人とねーちゃん、ちょっとだけ似てるぜ」

「似てる？　どこが？」

彩葉ちゃんは目を細めて、

「あんま他の人に深入りしようとしないとこ」

むう。失礼な子ですねー。

「誰にでも親切にするってことはさ。誰にも気を許してないってことだ。敵を作らないってことは、味方だっていらないってことだ。そーだろ？」

ぐぬぬ。

これまた、反論しにくい言葉を。

「言っときますけど。……今はわりと、そういう感じじゃなくなってるんですよ」

あくまで、以前に比べれば、ですけど。

「じゃ、この問題は解決したようなもんだな」

にっこり微笑む彩葉ちゃん。

なんだろう……この。立場が逆転した感じ。

そもそも彩葉ちゃんって、仲間に忠告するとか、そういうポジションじゃなかったでしょう？

さては明日香さんあたりの入れ知恵とみました。

「ちなみにそれ、誰かの受け売りだったりします？」

訊ねてみると、彩葉ちゃんは小さな舌をぺろっと見せて、

「はんぶんだけ」

と、呟きます。

くっそー。

なにその仕草。

かわいいやつめー。

*

起こったことをまとめてみよう。

まず、新任の化学教師が現れて。

彼の名前は、曾我岳人(そがたけと)先生といった。

話の引き出しが多くて、色んなアイディアを持っていて、いわゆる〝できる男〟って感じの人で。

ふわっとした髪の毛が洒落ていて、すっきりした目鼻立ちをしていて。

歳は二十二歳。

大学は卒業したてだが、そうとは思えないほど、何ごとにも堂々とした態度の人だった。

それは、推薦入試も間近の時期で。

恋なんか、冗談じゃないと思っていた。

凜音は冷静な娘だ。自分の将来が嘱望されていることも知っていた。

育ての親の祖父も、「鳶(とび)が鷹(たか)を生んだ」なんて言ってくれて。

一つ一つ、積み木を積むように、生きてきたつもりだった。

教師と生徒、なんて。

ドラマの世界でだけ起こることだと思っていたが。

そうすることが当然の権利だとばかりに。

そうあることが、お似合いだとばかりに。

彼は、凜音の隣に現れた。

曾我岳人は、とてもキスの上手(うま)い先生だったように思う。

＊

起こったことを、もう一度思い返してみよう。

ある日のことだった。

曾我先生が、〝ハク〟とあだ名される少女のことを話題にしたのは。

「あの娘はね、いつもはだんまりだけど、本当はとても賢い娘なんだよ」

彼女は、目立つ子じゃなかった。

いつも教室の隅っこで俯(うつむ)いて、本ばかり読んでいるような。そんな生徒だった。

「でも、勉強はあたしのほうが……」

「確かに、そういうところに才能を発揮するタイプじゃないな。だが、君たちの年頃の娘にしては、よっぽど気がつく子だよ」

曾我先生は、どこか妹を褒めるような調子で、そう言った。

何気ない会話にすぎなかった。曾我先生も、言葉以上の意味を込めたつもりなどなかったはず。

それなのに。

凛音の心に、もやもやとした嫉妬の火がちらついたのは、なぜだったろう？

それまで、先生は色んな言葉で自分のことを褒めてくれたが。

たった一度でも、〝賢い〟とか、〝気がつく〟とか、そういうふうに言われたことはなかった。

あるいは、それだけ自分が初心（うぶ）だった、……とか、その程度の話かもしれない。

だが、なぜだか、そのときだけは、曾我先生が他の女生徒を褒めることを許せなかったのだ。

（魔が差したとしか思えなかった）

たまたま先生に託された、数学のテスト用紙。

彼女の答案が、たまたま目について。

（なんであたしは、あのときあんなことを……）

高三の秋。大切な時期のはずだった。

〝ハク〟だって大学受験が控えているはずで。

それなのに。

気がつけば凛音は、そばにあったゴミ箱に、〝ハク〟の答案をそっと滑り込ませていたのだ。

＊

それから先に起こったことは、思い出したくもない。

ちょっとした騒ぎになった。

状況から推測した結果、誰かが盗んだ以外に考えられないことが判明したためだ。

自分のことは、意外なほどに疑われなかった。それだけ、クラスメイトや教師から信頼されていたのだ。誰が悪事を働こうとも、凛音だけは、……とか。そんなふうに思われていたらしい。

疑われたのはむしろ、他の生徒たちだった。

それだけ、〝ハク〟にちょっかいを出していた生徒は多かった。——なにせ、彼女はあれで、けっこう目立つのだ。内気であることは罪ではないが、極端に周りと距離を置くのも角が立つ。クラス単位の共同体において、そうした生徒は、奥歯に挟まった異物に他ならないのである。

〝ハク〟は、追試を受けることになった。

受験前。余計なことなど、なるべく考えたくもない時期に。

それからしばらく、凛音は外からの情報を遮断する。

受験勉強は、現実逃避にうってつけだった。

だが。

それから二ヵ月も経った、ある日のこと。

たまたま同級生に聞かされた話では、——結局〝ハク〟は、追試を受けずに済んだという。

なんでも、自力で答案を発見した、とのことで。

背筋が凍った。

〝ハク〟は知っていたのだ。自分が彼女の答案を捨てていたことを。そうとしか考えられない。そうでなければ、見つかるはずがない。

彼女はずっと見ていたのだ。

優等生ぶった自分が、みんなの前で平気で嘘をつく姿を。

＊

受験、だとか。

大学、だとか。

今では、遠い昔にみた夢の中のできごとのように思えるが。

それでも〝ハク〟が自分をどう見ているか、想像に難くない。

自分に悪意を持つ者の一人。

屈辱を与えた者の一人。

それが、こんな世界にいて、どれほど残酷な行為を生むだろう。

これまで、なるべく自分が正しいと信じたことだけをして生きてきたつもりだが。

凜音は、正当な理由による反撃に、ほとんど耐性がなかったのである。

もし〝ハク〟が復讐を望むなら。……自分は、どうするだろう。

そうなってもまだ、みんなの望む〝姐さん〟でいられるだろうか？

「はろーはろー！」

部屋のドアをノックする音。〝ハク〟だ。

「もうそろそろ出発なんで、準備してください」

「……ああ」

情けないことに、声は少し嗄れていた。

「部屋、入ってもよろしい？」

「……どうぞ」

すると〝ハク〟は、無理のある作り笑顔を浮かべつつ、室内に足を踏み入れる。

「整理された部屋ですねー。ザ・優等生ってかんじ」

「……ありがと」

呟きながら、旅行用の鞄を引っ張りだす。

「ここも、今日限りでお別れだけどね」

「わかりませんよ？　世の中が平和になったら、また住むことになります」

「どうだか」

「そしたら、またみんなで学校に通えますね」

「バカいっちゃいけない。あたしら、本当はもう卒業してる時期なんだよ」

「あー、……言われてみれば。私、まだ気持ちだけ女子高生のつもりでいました」

のんきな娘だ。

「まぁ、卒業証書ももらってないし。いちおうまだ、ぎりぎりＪＫで通るんじゃないかい」

「確かに」

くすくすと可愛らしく笑う〝ハク〟。

「あ、そうそう、忘れないうちに言っておこうと思うんですけど。……昨日言ってた〝あのこと〟って、ひょっとして凜音さんが私の答案を捨てた一件ですか？」

何かのついでのように核心を突かれて、凜音は顔を逸らす。

「やっぱ、気づいてたのか」

「そりゃまあ。だって、状況的に凜音さん以外ありえませんでしたから。それに、教室から職員室までのルートを考えて、どの辺で答案が捨てられたか予測するのは難しくありませんでした」

言いながら、名探偵のようにえへんと胸をはる〝ハク〟。

「ま、そーいうことなら、気にしなくていいですよ。もうぜんぜんおっけー。私もさっきようやく思い出したくらいですから」

「……どうだろうね」

「あれだけ日々優等生ぶってりゃ、むしゃくしゃして悪事を働きたくなることくらいありますよ」

優しいような、皮肉のような言葉に、思わず伏し目になる。

「っていうか、たかが試験じゃないですか。どーでもよくありません？」

「ただの試験じゃない。受験前の試験だろ。……あんただって、気分悪くしたんじゃないのかい」

「それがですねー。私にとっては、いつもの試験と同じだったんですよ」

すると、〝ハク〟は苦笑しながら、

「私、大学受験しませんでしたから」

「……なんだって？　どうして」

〝雅ヶ丘高校〟はそこそこの進学校である。大学に行かない生徒は珍しい。

「そうするだけのお金もありませんでしたし。卒業後は、しばらくのびのびした後、テキトーに就職するつもりでした」

ぽかんと口を開ける。

「……それ、よく親御さんが許したね」

「私、天涯孤独の身の上ですから」

初耳の情報の連続だ。

「あんた、ひょっとして、可哀想なお家の子？」

「そんなの今時、珍しくもないでしょう？」

それはそうかもしれないが。

「あともう一つ。我が〝雅ヶ丘高校〟では、長期にわたる避難生活により、鈴木朝香先生指導のもと、エコノミークラス症候群に対する予防策を実施中です」

「というと？」

「やるべき仕事はたんまりあるってことですよ」

（鈴木朝香先生）

確か、関西弁をしゃべる体育の教師だったか。

「校舎内の土地をひっくり返して、農業を始めてみる、とか。それが嫌なら、ほつれた洋服を繕う仕事とか。小学生以下の子供たちの面倒をみる人も必要だったかな。あとは、お料理する手が足りないって、梨花ちゃんが言ってた気がします。もちろん希望するなら、物資調達班に加わっていただいても結構ですよ」

「なるほどね」

「ま、そういうことですから。過ぎ去った世界のことなどキッパリ忘れて、凜音さんも少しは前向きになっていただきたく」

「……ふん」

悔しいことに実際、前向きになり始めている自分に気づき始めていた。

今になって思うが、わりと巧みな毒抜きだったように思う。

得体のしれない未来への恐怖を払拭し、将来に対する具体的な展望を挙げ、あと残っているのは感情的な問題だけだと諭して見せたのだ。

この娘、果たしてここまで器用な人だったろうか。

(成長、したんだろうね。この、新しい世界で)

そのときだった。

「おーい！　凛音ー！　そろそろ出るぞー！　じーちゃん先にバス乗ってるからなー！」

自転車屋の外で、少しだけ元気を取り戻した祖父が呼ぶ。

〝ハク〟は、にっこりと笑って、こちらに手を差し伸べた。

「じゃ、行きましょうか」

まるで、彼女こそが沖田凛音の守護天使であるかのように。

そしてその予測は、決して間違っていない、の、かも。

「……うん」


昏い日々が、終わりを告げようとしていた。

女子高生編：その5　ダンジョン探索

凛音さんたちを〝雅ヶ丘高校〟に移送し終えた私たちは、佐々木（ささき）先生よりちょっと嬉しいお知らせを受け取ります。

「以前話していた、他コミュニティとのやり取りだがな。どうやらうまく行きそうだ」

「と、いうと？」

「大学のほうから連絡があった。いちおう、今後は各コミュニティに銃器とその取扱いに長（た）けた者が派遣されてくるらしい。代わりにこちらは、向こうに足りない技術者や人員、それに物資を提供することになった」

「へえ。いちおう聞いておきますけど、ちゃんと平等な取り決めですよね。……なんか、脅されたりしませんでした？」

「ぐははっ。まるでお母さんのような口ぶりだな」

なんとまあ。五十過ぎのおっさんに〝お母さん〟呼ばわりされる気持ち、わかります？

「問題ない。常識の範疇（はんちゅう）で交渉が進んでいる」

ならいいんですけど。

実際、銃器が充実するのは助かりました。

〝ゾンビ〟の頭を叩き割るのは難しくても、拳銃の引き金を引くくらいならできるって人、けっこういますからね。

まあ、銃を撃つと〝ゾンビ〟が集まってきちゃうので、一長一短なケースもありますけど。

「実際、一部の無頼漢はこうした状況においてかなり頼りになることがわかっている。私ァこれを『ジャイアン映画版の法則』と呼んでいるがね」

「はあ……」

これは、佐々木先生なりのジョークだと受け取っておきましょう。

まあ、なんにせよ、このあたりから〝ゾンビ〟を一掃する日も……そう遠くない？

と、そのとき、私たちの頭上を、バッサバッサと羽ばたく音が。

見ると、〝ドラゴン〟の背に乗った百花さんが手を振っています。

百花さんは〝ドラゴン〟の背から飛び降りて、ふわっと運動場に着地しました。

「やあ。戻ったよ」

「おかえりなさい」

すると百花さんは、にっこり微笑んで、

「いいものだね。帰るところがあるってのは」

と、『ガンダム』の最終回みたいな台詞を。

「さっそく進捗について説明しよう……と、言いたいところだけど。自分でもここまでの話を少し整理しておきたい。あとで屋上に来てくれるかな？」

＊

言われたとおり、少しぼんやりした後に屋上へ向かうと、ちょうどシャワーを浴びている百花さんの姿が。

「……って、え？」

何かしらの幻覚症状が出たかと思って、目を凝らします。ですが見間違いではありません。

百花さんは実際、陽の下で熱々のシャワーを浴びているところでした。

「なんじゃこりゃあ……」

見上げると、彼女の頭上に直径一メートルほどの雨雲的サムシングが浮かんでおり、どうやらそこから温かい水が降ってきているようです。

ずいぶんと非現実的な光景ですが……、

「それ、《水系魔法》ですか？」

「うん。正確には、《水系魔法Ⅴ》だ。さっきレベルが上がってね。戦闘向きの魔法じゃないけど、たまにはこういうのを取ってもいいだろう？」

なるほど。いつでもシャワーを浴びれる魔法ですか。……いいですね。ごくり。

「出直しましょうか？」

「いや、いい。女同士だろ？」

いやいや。たとえ同性でも、シャワー浴びてる相手と話し合いとか、ないですから。

ってか、なんでこの娘、わざわざ裸体を私に見せつけるのでしょうか。

限られたページ内にお色気シーンを入れることを義務付けられた少年向けラブコメかな？

百花さんは気にせず、シャワーをシャワシャワ浴びたまま会話を続けます。

「この一週間、都内をあちこち回ったが、――残念ながら〝先生〟に〝従属〟したいと申し出た〝プレイヤー〟はいなかった」

「そりゃ、まあ……」

どこの馬の骨かもわからない相手に、自分の運命を託そうとする人はいないでしょう。

「だが、条件つきで仲間になると約束してくれた者が三名。仲間にはならないが、〝勇者〟あるいは〝魔王〟を見かけた場合、敵対行動をとってくれると確約した者が四名。……うち一名は、十人以上の〝プレイヤー〟を擁する〝ギルド〟の長だ」

「そんな人いるんですか」

「ああ。知ってのとおり、〝プレイヤー〟の存在はかなり稀だ。自然に彼らが集まるとは考えにくい。何かの特殊なスキルを持っているんだろう」

「あら。百花さんにもわからないんですか？」

「まあね。〝転生者〟だからって、すべてのスキル・ジョブに精通しているわけじゃない。……ま、少なくとも今のところ、ボクよりレベルの高い〝プレイヤー〟はいないみたいだけど」

ちょっと自慢げな百花さん。

「それと、〝勇者〟と〝魔王〟を見かけた場合、敵にも味方にもなるつもりはないが、――使役している〝精霊〟で、我々に情報をくれると言ってくれた〝プレイヤー〟が一人」

前に戦ったのとは別の〝精霊使い〟さんってことですね。

「最後に、現在のこの状況が、いつまでも続いてほしいと考えている〝プレイヤー〟が一人」

「現在のこの状況……っていうのは」

「もちろん、〝ゾンビ〟やら〝怪獣〟やら。そーいうのと末永く暮らしていたいと思ってるってことだよ」

「へえ。変わった人もいるものですね」

「うん。だが、気をつけてほしい。その男、どうやらボクたちを敵とみなしたみたいだから」

「迷惑だなぁ」

「ごめん。……ボクが、もっとうまく交渉できていれば、こんなことにならなかったんだけど」

「この場所は？」

「大丈夫、ちゃんと振り切ったから。仲間の〝ドラゴン〟もあちこちに散らばらせておいた。……でも、念のためボクはしばらくここの出入りを自粛したほうがいいな。残念だけれど」

……ふむ。

「えっと、ちなみに、その偏屈な〝プレイヤー〟さんのジョブは？」

「〝暗黒騎士〟だ。その上に、〝悪しき〟がつく」

「あ、あんこく……」

なにそれカッコいい。HPを消費して敵全体を攻撃しそう。

心の中に住む中学二年生がむくりと起き上がります。

「問題は、〝暗黒騎士〟がレベル80以上でないとなれない、特殊な上位ジョブだってこと。今の〝先生〟じゃ、とても歯がたたないと思う。ボクが勝負しても……勝てる見込みは五分五分かな」

「そりゃマズいですねー」

50％の確率で百花さんに死なれるのは困ります。戦うリスクを取るのであれば、もうちょっと勝率を上げてからじゃないと。

「だから〝先生〟には、少し無理をしてでも〝ダンジョン〟に行ってもらう」

「……〝ダンジョン〟？」

「強力な〝魔法生物〟──前世では〝魔物〟と呼ばれていた怪物が巣くう空間だ。ここで数ヵ月修行すれば、レベル80くらいまでならスムーズに上がれると思う」

へえ。それが百花さんだけやたらレベルが高い理由ってことですか。

「かなり厳しい修行になると思うけど、──……覚悟はできてる？」

「ええ、まあ。いちおー」

私は少し肩をすくめて、

「でも百花さん、私が『嫌だ！』って言っても、無理矢理連れていくつもりでしょう？」

「もちろん」

エルフの少女は《水系魔法V》をやめ、この世のものとは思えぬほどに均整の取れた身体を陽のもとへ晒しつつ、応えました。

「〝先生〟には、世界を救ってもらわなくちゃならないからね」

＊

それから私たち、その日のうちに〝ダンジョン〟とやらへ移動することに。

池袋にあるというその空間は、ここ最近、突如としてぽっかり生み出された空間だそうで。

ものすごい突風を顔面に受けて、目から自然と涙が出ます。

恋河内百花さんが操る竜の背中で、私たちは空を駆けていました。

「うひゃあああああああああああッほおおおおおおおおおおいッ！」

歓声を上げながら眼下に視線を送っているのは、羽喰(はくい)彩葉ちゃん。

「みろ、ねーちゃん！　〝ゾンビ〟があーんなに小さいぞ！」

「い、彩葉ちゃん！　そこ、危ないですよ！　ぜったいあぶない！」

飛行中の竜、その尻尾のほうへよじよじしていく彩葉ちゃんを、必死で呼び止めます。

——少しばかり急ぐ必要があるね。二人には、ボクの〝飛竜〟に乗ってもらうよ。

——だいじょうぶだいじょうぶ。噛んだりしないから。

——……間違って逆鱗(げきりん)を蹴っ飛ばしたりしない限りね（ボソッ）。

と、これは、少し前の百花さんの台詞。そりゃ、戦々恐々(せんせんきょうきょう)にもなりますって。

「彩葉ちゃぁん！　ちゃんと背中に乗ってくださぁい！」

「へーきへーき！」

そうは見えません。

強い風が吹き荒れる中、ただでさえ揺れる飛竜の背中で。

不規則に揺れる尾っぽの先にいては、たとえスキルによって筋力が強化された彩葉ちゃんでも掴まり続けるのは困難であるはずでした。

「うはははははは！　——ひゃっはっ！」

ほら、やっぱりね。

私の見ている前で、彩葉ちゃんが遠く明後日(あさって)の方向に吹っ飛んでいくのが見えます。

「――ってうそぉ⁉　百花さん百花さん百花さん！　彩葉ちゃんが！　いま！　あの世へ！　真っ逆さまに！」

「だいじょうぶ」

飛竜を操作する百花さんは、どこまでも冷静な口ぶりで呟きます。

ひゅ、と、小さく口笛を吹くと、私たちと並行するように飛んでいた飛竜の一匹が素早くUターン。スカイダイビング中の彩葉ちゃんを空中でキャッチしました。

「あーっ！　たのしかったー！」

ちょっとした玄人向けジェットコースターでも楽しんでいるかのようなはしゃぎ声。

言っときますけどあなた、落ちたら死んでたんですよ？

《防御力》スキルがある私がビクついてるっていうのに、なんでこの子はこんなにも向こう見ずでいられるんでしょう。

「もう！　……ほんと、あの子は……」

「まるでお母さんみたいな口ぶりだね、〝先生〟」

「やめてください」

それ言われるの、これで二度目なんですけど。胃がキリキリ痛みます。

「それより、まだ着かないんですか？」

「もう少しさ」

雅ヶ丘から池袋までの距離は、そう離れていないはずでした。

飛竜に乗っている時間は、十数分にも満たない短い時間だったはず。

「ほら！　あそこだ！」

百花さんが指差した場所。

「あそこって……えっ？」

思わず、目を疑いました。

……〝池袋〟。

自宅からわりと近いこともあってか、時々買い物に出かけたことのあるなじみ深い場所が、すっかり様変わりしていたのです。

かつて〝サンシャイン60通り〟と呼んでいた繁華街があったあたり。

そこに、ぽっかりと巨大なクレーターができていました。

クレーターには、蟻の巣を思わせる小さな穴がぽこぽこと開(あ)いています。

そこから内部に侵入できるものみたい。

「あれは……？」

「言ったろ？　〝ダンジョン〟さ。都内には、こうした空間がいくつかある。これもその一つだ」

「なんであんなものが？」

「それがわかれば、ボクたちに宿った不思議な力の謎も解けるかもしれないね」

つまり、わからない、と。

元からあった大穴が、地盤沈下か何かで露出した……とか、少なくとも、そういうふうには見えませんでした。

なんというか、画像編集ソフトか何かでコピー・アンド・ペーストしたかのような。……そういう、存在そのものの不自然さが、〝ダンジョン〟からは感じられます。

「これからどうします？」

「一度、安全な場所に着地する。その後、〝ダンジョン〟周辺に出現する〝魔物〟でレベル上げだ。……いいね？」

頷きます。さすがに覚悟はできていました。

胸の中は、もやもやしたものでいっぱいでしたけども。

＊

適当なビルの屋上に着地した私たちは、〝ダンジョン〟に挑む前にまず、レベル上げを終わらせることにしました。

ちなみに、凜音さんを〝雅ヶ丘高校〟に送り届けたお陰で、またレベルが上がっています。

現在の私のレベルは48。取得可能なスキルは六ツでした。

「……ふむ。じゃ、《必殺剣》はⅤまで取ったわけだね？」

「はい」

「他には？」

「《攻撃力》とか。Ⅲまで取りました」

「悪くないチョイスだ。……と、思う。たぶんだけど」

「知らないんですか？」

「うん。前世の〝先生〟は、〝戦士〟じゃなくて〝魔法使い〟を選んでいたからね。〝戦士〟ジョブで取得できるスキルのことは、実のところあんまり詳しくないんだ」

「あらら」

同じ人間でも、細かいところで行動が違ったりするんでしょうか。

「ま、いいや。〝先生〟はとにかく、《必殺剣》をⅩまで取ってほしい。あとのことは任せるよ」

「了解です」

というわけで、私が取得したスキルは、《必殺剣Ⅵ～Ⅹ》と、《攻撃力Ⅳ》。

《必殺剣Ⅴ》が強力でしたからねー。

それ以上の《必殺剣》となると、これはさぞかし素晴らしい性能が期待できるでしょう。

と、まー、そういうわけで、現在の私のスキルは、

〝流浪の戦士〟
レベル：48
○基本スキル
《剣技（上級）》《パーフェクトメンテナンス》《必殺剣Ⅰ～Ⅹ》
《自然治癒（強）》《皮膚強化》《骨強化》
《飢餓耐性（強）》
《スキル鑑定》
○魔法系スキル
《火系魔法Ⅰ～Ⅴ》《治癒魔法Ⅰ～Ⅴ》

○ジョブ系スキル
《攻撃力Ⅳ》
《防御力Ⅴ》《鋼鉄の服》《イージスの盾》
《魔法抵抗Ⅱ》
《精霊使役Ⅰ》《精霊の気配Ⅰ》《フェアリー》
○共有スキル
《縮地Ⅰ》
《隷属》《奴隷使役Ⅴ》

こんな感じに。

ようやく《必殺剣》のノルマをクリアしたので、次からは自由にスキルが取れますな。

実を言うと、《必殺剣》以外にもいろいろと、取りたいスキルがあるんです。

まあ、それは次回以降の楽しみに取っておきましょう。

「あ、それと、〝実績〟もいくつか取得したんですけど」

「なんだい？」

「えっと、〝ゾンビがみる悪夢〟、〝救世主〟、〝解毒と救命〟ってやつです」

「それなら、〝試作型対ゾンビ用ロボット〟、〝渡り鳥の羽根〟、〝魔法の鍵〟あたりがオススメかな」

うわーい。歩く攻略本ばんざーい。

でもなんでしょうこの、宝箱を開くワクワクを失った感じは。

「あっ、でも、ここでアイテムを受け取るのはやめておこう。かさばるからね」

「はぁーい」

「〝ダンジョン〟は、最も浅い階層から攻略していく。……道中、同じくレベル上げに励んでいる〝プレイヤー〟と出会ったら、元気よく挨拶するんだよ」

「はあ」

なんかそれ、ちょっと登山のマナーみたいですねえ。

＊

「そういや〝ダンジョン〟って、具体的にどういう感じの敵がいるんです？」

「〝ダンジョン〟には不思議な力場が働いていて、〝魔物〟はそれを養分にして活動しているらしい。だから連中はものを食べる必要がないし、眠る必要もない。やつらの目的は、ただひたすら〝ダンジョン〟内に侵入したものを殺すこと。それだけなんだ」

「ふうむ。……なんか、それだと……」

「ああ。〝ダンジョン〟そのものが、一個の生命体のようなものだね。〝魔物〟は、体内に入った異物であるボクたちを撃退するために生み出された〝抗体〟ってところかな」

ってことは私たち、眠れる獅子（しし）を起こしに来ているようなものじゃないですか。

そう考えると、ちょっと怖い気持ちも。

「〝ダンジョン〟内ではとにかく、食べ物を切らさないように気をつけよう。おおよそ口に入れられるものが存在しない空間だから」

「むぅ〜」

そこで、不機嫌顔の彩葉ちゃんがほっぺを膨らまします。

「あーし、荷物持ちかよー！」

彼女の背中には、山のような荷物がありました。

「ボクらの中じゃ、彩葉ちゃんが一番の力持ちだからね。適材適所さ」

「ぐぬぬ」

ただ、彩葉ちゃんも〝ダンジョン〟探索が自分の能力ありきだとわかってくれているのでしょう。それ以上はごねませんでした。

「でも、あとでちゃんと交代してよー！」

「もちろん」

実際、私的にはわけのわからん〝魔物〟と戦うより、荷物持ちでもやっていたほうがよほど気楽でいいんですけど。

私の《攻撃力》スキルって、あくまで〝攻撃〟を強化するスキルであって、筋力そのものが強くなる〝格闘家〟のスキルとは似て非なるものなんですよねぇ。まあお陰で、勢い余ってドアノブを引きちぎったりしなくて済むのは助かりますけども（ちなみに彩葉ちゃんはすでに何度かやらかしてます）。

「じゃ、行こう」

百花さんが呟き、〝飛竜〟たちを四方に散らばらせます。

彼らを連れて〝ダンジョン〟内に入るのは難しそうですからね。

〝ダンジョン〟の内部では、ペンキでも塗ったかのような闇が広がっていました。

「——《照明》」

そこで百花さんが、《光魔法Ⅰ》を詠唱。

彼女の頭の上に光の玉が生まれて、辺りを昼のように照らします。

中に入ると、

「ほへぇぇぇぇ……」

思わず、間抜けた声が出ました。

〝ダンジョン〟内部は、明らかに人為的に手を入れられているとしか思えない空間が広がっていたのです。

建てられてから数百年経った、太古の遺跡、といいますか。

話を聞いていた限りでは、ただの洞穴のイメージでいただけに、これはちょっとした驚きです。

壁を見ると、得体のしれない紋様まで刻まれていました。

こういうの、どっかで見たなぁ。……ああ、あれか。ピクシブとかで時々、やたら背景に凝る絵描きさんいるじゃないですか。ああいう感じ。

「ってかこれ絶対、どっかの誰かが造ったやつですよね？」

「だね。でも人間によるものとは限らないぜ。ひょっとすると、〝神様〟手製の一品かもしれない。……もし、そんなヤツが実在したらだろうけども」

そのまま、明かりを頼りに少し進むと、
かち、かち、かちかち、……

と、何やら不穏な音と気配が、あちこちから。

「なんです？」

「ここら辺って、そこら中に髑髏（どくろ）が落っこちててね。かちかち歯を鳴らして自己主張してくるんだよ。たぶん、犠牲になった人の成れの果てじゃないかと思う」

「……危険は？」

「あまりない。たぶん、元人間のよしみで警告してくれているんじゃないかな？　〝こっから先は危ないぞ〟って」

わー、親切だなー（棒）。

「なんか、いまさらですけど、……ちょっと怖い気がしてきました」

「そうかい？」

そこで一瞬、辺りが暗闇に包まれました。同時に、足元さえも見えなくなります。

私は少し、つまずきそうになりながら、

「うわうわうわ！　ちょ、ちょっと！　何が！」

「あっはっはっは」

百花さん、笑いながら再び《光魔法Ⅰ》を発動させて。

「いまの、わざとですね？」

「うん。……ちなみに、〝犠牲になった人の成れの果て〟ってのも嘘。〝ダンジョン〟は〝プレイヤー〟以外の人間には危害を加えないよ。不思議と〝ゾンビ〟も近寄らない。不気味だから、その性質を利用してる人は少ないけれど」

「じょーだんやめてくださいよ、もう……！」

「そうは言うけどねぇ。先にやったのは〝先生〟なんだぜ」

「私？」

「うん。前世でね」

うわっ……私の前世、性格悪すぎ……？

「貴女の知っている私と、いまここにいる私は、別人みたいなものなんでしょう。混同しないでください」

「そうだね。わかってる。……特に〝先生〟は、まるで人が違って見えるよ……」

その言い方に、何か引っかかるものを感じます。

「さっき、前世の私は〝魔法使い〟だったと言ってましたよね。他にも違うところが？」

「けっこうあるよ。例えば、ボクが合流した時点で、〝先生〟には恋人がいた」

「……えっ」

なにそれ。

「竹中勇雄という男だ。確か、〝先生〟が最初に出会った〝プレイヤー〟で、腕のいい拳銃使いだった」

ふいに、後頭部をハンマーでぶっ叩かれたみたいな気がしました。

彼の死に顔が、脳裏に蘇ります。

「そんな。……竹中くんが？」

「他にも、いろいろと違いがある。〝雅ヶ丘高校〟にいた、日比谷康介って男の子。彼は前世では見かけなかったな。たぶん、早々に命を落としてしまったんじゃないかと思う」

逆に、命が助かった人もいる、と。

「それともう一つ。前世の〝先生〟は、〝奴隷使い〟を殺していたよ。どういう経緯かは知らないけれど、結果的に〝殺すしかなかった〟らしい」

…………。

得体のしれない空間にいて、私はぼんやりと立ち止まりました。

「どうかした？」

「百花さん。あなたとは、しっかりお話をする時間を作らなくてはいけませんね」

〝転生者〟。

これまで、話半分に聞いていたのかもしれません。

あるいは、前世と今世は別々のものだと割りきっていたか。

ですがここに来て、少し考えが変わりました。

彼女のもたらす情報によって、あるいは、誰かが救われるかもしれないのですから。

「いいね。……ボク、〝先生〟と話すの、けっこう好きだから」

金髪碧眼（へきがん）のエルフが、くすくすと笑みを浮かべます。

「でも……その前に」

「――？」

「かるく仕事を済ませようか。……お客さんだぜ」

そのときでした。彼女の背後から、おびただしい数の鼠（ねずみ）の群れが飛び出してきたのは。

「ふ、ふんぎゃあああああああああああああああああああああああああああ！」

全身を粟立たせながら、刀を構えます。

「落ち着こう。こいつらは〝魔物〟じゃない。ただのドブネズミだ」

「ひえええええええええええええええええええええええええええええええええ！　どっちにしろ嫌あああああああああああああああああああああああああああ！」

ぶんぶんと得物を振り回します。

対する鼠どもは、私のことなど取るに足らぬとばかりに、足元を走り抜けていきました。

その際、ふくらはぎの辺りを、クニャっとしてベタっとした汚い何かが幾度も触れて。

「お風呂はいりたぁい！」

「後で《水系魔法》を使ってあげるから。少し我慢しよう」

百花さんが苦笑します。

「さあ。……本番だよ」

鼠の群れが去って。

その奥から現れた影はどこか、着ぐるみを身にまとった人のようでした。

のし、のし、と、歩くシルエットは楕円形。

「…………――！」

私は半泣きで〝それ〟の動きを追います。悪い夢でも見ているかのようでした。

『ぶしゃああああああああああああああああああああ！』

私たちの目の前にいたのは、これまで通り過ぎていったものとは比較にならないほど巨大な、二本足で歩く鼠さんだったのです。

「うわああああああああああああああああああああああ」

『ぶしゅううううううううううううううううううう』

鼠さんは皆、その手に鉄パイプやら何やら、「あれでぶん殴られたら痛いだろーなー」って感じのアイテムを携えていました。

「じゃ、ボクは見てるから。……〝先生〟、頼むよ」

百花さんが笑みを浮かべながら、一歩下がります。

「がんばれねーちゃん！」

ちょっと離れてついてきていた彩葉ちゃんも、応援してくれていました。

「うう……」

しくしく泣きながら、私は切っ先を鼠さんたちへと向けます。

嫌だな。帰りたいなあ。

私、鼠が苦手なんですよねー。

鉄パイプでぶん殴ってくる鼠は特に嫌いです。

正直、早くも自宅のオフトゥンが恋しい気持ちになっていました。

女子高生編：その6　邂逅と殺し合い

『ぶっしゃあああああああああああああああああああああああああああああ！』

威嚇の声を上げつつ、ヨダレをばら撒く巨大鼠さんたち。

なんかもう、こうなってくると精神的なダメージのほうが大きいんですけど。

とにかく、一刻も早く彼らを駆除することに決定。

素早く、冷静に刀を構え、

「――《スーパー・スラッシュ》！」

《必殺技Ⅱ》を繰り出します。

金色に輝く剣を振るうと、瞬間、刃が三倍ほどに伸び、鼠の〝魔物〟へと襲いかかりました。

『ぎぃええええええええええええええええええええええええええええええええ！』

耳障りな断末魔を残して、先頭にいた二匹が胴体ごと真っ二つになります。

「ねーちゃん！」

と、そこで、後ろに控えていた彩葉ちゃんが悲鳴を上げました。

「どうしましたッ？」

「いまどき、必殺技に〝スーパー〟はダメだ！　イケてない！」

「しばらく黙っててください！」

言いながら、猛烈な勢いで突進してきた鼠を、

「この！　――《スラッシュ》！」

《必殺技Ⅰ》で斬り伏せます。

彩葉ちゃんは腕を組みながら、

「なんだったら、あーしが考えてあげよっか？　必殺技の名前」

まったく、この娘は……。

とはいえこの鼠さんたち、思ったほどの強敵ではなさそうで。

〝ゾンビ〟よりは明らかに厄介ですが、現時点における私の敵ではありません。

全部で八匹ほどいた〝魔物〟を仕留め終えると、

――おめでとうございます！　あなたのレベルが上がりました！


「ありゃ、もう？」

少し驚きます。

「こんなに簡単にレベル上がるなら、もっと早く始めたらよかったですねぇ」

すると百花さんはニコニコ笑いながら、

「うふふ。そう言っていられるのも、今のうちだよ？」

と、不吉に言うのでした。

〝ダンジョン〟を進んでいくと、百花さんが「レベル上げにちょうどいい」と言った理由が徐々にわかってきます。

とにかくここ、ひっきりなしに〝魔物〟が襲いかかってくるんですよ。

そりゃもう、次から次へと。

＊

もう一つ、都合のいいことがありました。

〝ダンジョン〟の〝魔物〟には、死骸が煙のように消え去ってしまう性質がある点です。

地味に思えるかもしれませんが、これは本当に助かりました。

これまで私たちは、〝ゾンビ〟を殺すたびに、死骸を《火系魔法》で焼く必要がありました。そうしないと重大な感染症を引き起こす可能性がある上に、ふいに襲われる危険もあるためです。

特に〝ゾンビ〟は、死体に紛れる達人でした。殺したと思っていた〝ゾンビ〟に飛びかかられた経験は、二度や三度ではありません。

ここでは、そうした面倒ごととは無縁でした。

殺した死骸は消滅します。倒したはずの敵がその場に残っているということは、要するに息があるということです。そういうのは、さくっととどめを刺してあげればいいだけの話で。

「楽なのはいいんですけど、……これ、いつ終わるんですか？」

「少なくとも無限湧きじゃないから安心して。一定量〝魔物〟を狩れば、しばらくは復活しなくなるからね」

「なるほど……」

「この階層を狩り尽くしたら、次に進もう」

そこから、追加で十数匹ほど始末したあたりでしょうか。

「お……」

待ってましたとばかりに、百花さんが、ぽんと手をたたきます。

そこで、ごおん……と、〝ダンジョン〟が少し揺れた気がしました。

「きたきた、きましたよ」

「なんです?」

「アクションゲームにおいて、ステージの終盤にいるのは……何かな?」

ボス敵、かな?

まあ、わざわざ説明されるまでもなく、ものすごい足音がしてるんでわかりますけども。

「注意すべきことは?」

「特にない。この階層の〝魔物〟は、まださほど怖くないからね。ここの連中を片付けるのはむしろ、帰り道を楽するためだから」

なるほど。

「じゃ、さっさと片付けましょうか」

「うん」

ずん、ずん、と、地響きと共に現れたのは、今まで倒しまくってきた二足歩行鼠さんの巨大版、という感じの〝魔物〟です。

興味深いのは、彼（彼女？）の頭の上に、鈍色の王冠めいたものが載っかっている点でした。

鼠の王様、ということでしょうか？

『ぶぎぃえええええええええああああああああああああああああああ』

さすが王様。鳴き声も、他のより倍ほど大きい気がします。

「〝すぺしゃる☆ちゅーちゅーさん〟」

と、私。

「〝ラット・キング〟」

と、百花さん。

「〝穢れ深き王〟」

これは、彩葉ちゃん。

それぞれ、その〝魔物〟にふさわしいあだ名案を挙げて。

「ま、ここはシンプルに〝ラット・キング〟が無難かなー？」

彩葉ちゃんの裁定により、彼の者の名は〝ラット・キング〟に決定。

「……ってかそろそろ、あーしが戦いたいんだけどもなぁー」

私は首を横に振ります。

「ここまで一人でやってきたわけですし。この階層は私が一掃します。彩葉ちゃんは次の階層を」

「むー。りょうかーい」

と、言うわけで。

「じゃ、さっそく仕留めますね。……――《メテオ・クラッシュ》！」

最後に取っておいた、《必殺剣V》を〝ラット・キング〟の顔面目掛けて、ぶっ放します。

しゅごお！　と、剣圧が空気を走り、衝撃波が〝魔物〟を直撃しました。

『ギエ……エ、エ、エ、エ、エ……』

瞬間、〝ラット・キング〟の頭部が粉砕され、メロンほどの大きさの眼球が二個、すぽーんと明後日の方向へ飛んでいきます。

息絶えると同時に、〝ラット・キング〟は影も形もなく、消滅していきました。

グロい絵面は、ほんの一瞬。

「《メテオ・クラッシュ》かぁ。……どうかな、72点くらい？　もう一工夫あってもいいのでは？

メガトン・メテオ・クラッシュとか」

「はっはっは」

彩葉ちゃんの評点を無視して、

「じゃ、一休みしましょう」

一拍遅れて、いつものファンファーレが鳴り響きました。

――おめでとうございます！　実績〝鼠の王の討伐〟を獲得しました！

――おめでとうございます！　あなたのレベルが上がりました！

……ふう。午前中だけで、レベル二つに実績ですか。確かにこれ、かなり効率いいですねー。

体力・精神力的には、しんどいことも多いですけど。

＊

その後のレベル上げは、特に問題もなく進みます。

道のりは単調。〝ダンジョン〟の風景は、最初から最後まで、特に変わりなく。

ただ、登場する〝魔物〟だけが妙にバリエーション豊かでした。

二足歩行をする巨大ネズミ。

牛の化物。

巨大ムカデ。

なんかヘドロの塊みたいなやつ。

ネクタイしめたらドンキー◯ングにそっくりな、猿の怪物。

青白い光を放つ、動く鎧。

〝ダンジョン〟内では、フツーに生きてたらなかなか出くわさない感じの、わけのわからん生命体をいっぱい見かけます。

それらみーんな、見つけ次第片っ端からぶち殺して回ったわけですが。

道中、危険はほとんどありませんでした。危険を感じることすらありませんでした。

なにせ、こっちにはレベル１００オーバーの怪物がついてくれているわけですからね。ドラえもんの庇護(ひご)下にいるのび太くんたちと同じで、わりかし安全に冒険することができたわけです。

私たちがすべきなのは、ただ、無心に〝魔物〟を殺傷し続けることでした。

死んだ〝魔物〟が消滅するという〝ダンジョン〟の性質は、凄惨な動物虐待行為をゲームのように感じさせるのにはピッタリです。

　私たちはそれに、爽快感すら見いだしつつあるのでした。

＊

『ググググ……ゴオオオオオオオオオオオオオン！』

「……〝動く巨像〟」

　と、私。

「〝ゴーレム〟でしょ」

　と、百花さん。

「えーっと、えーっと……〝昏き土塊〟とか？」

　と、彩葉さん。

　私たちの目の前には、成人男性の背丈の倍ほどもある、巨大な動く像が九体。

「うーん。……やっぱここは、王道の〝ゴーレム〟だな！」

　うん、うん、と、一人納得する彩葉ちゃん。

　ちなみにこのやりとり、今日だけで二十度目くらいです。

「よし、ねーちゃん！　どっちがいっぱい〝ゴーレム〟をやっつけられるか、しょーぶだ！」

「はいはい」

　そのころには、私と彩葉ちゃんは二人協力して、〝魔物〟退治をするようになっていました。

　さすがにこの数を一人で相手にするのは骨が折れますからねー。

〝魔物〟たちも、これまでのように一撃で仕留められるほどヤワじゃなくなってきてますし。

「この群れを仕留めたら、いったん〝ダンジョン〟を出よう。近くに綺麗なホテルがあったはずだから、今夜はそこで休むよ」

百花さんの言葉に、私は内心、ほっとします。

〝ダンジョン〟に潜り始めてから、これで十二時間ほどになるでしょうか。

始終身体を動かしていることを計算にいれれば、ブラック企業も真っ青の過酷な労働量ですよ。

体力的には余裕があれど、さすがに精神的にクルものがあります。

私は、ふかぁ～～い安堵のため息をついた後、

「よぉし！」

と、気合を入れました。

これが最後だそうなので、景気よく《必殺剣》を使って終わらせますか。

ってわけで、《必殺剣》の《VI》～《X》の効果を再確認していきます。

「――《必殺剣VI》」

呟くと同時に、刀を桃色のオーラが包み込みました。

《必殺剣V》がものすごい威力だったので、《VI》以降になるととんでもないことになるのでは……と思っていただけに、《VI》はちょっとだけ地味な効果。

「よいしょっ」

この桃色のオーラに包まれている間、刀は一切の殺傷能力を失います。

その代わり、

『ぐごごごご……ごご、ご…………』

斬りつけたゴーレムが、その場に膝をつき、身動き一つとらなくなりました。

《必殺剣Ⅵ》は相手の意識を奪うことができる技なのです。

非殺傷系の技、ということで、もし今後、人間に襲われたときは、気兼ねもなく斬りつけることができそうですねえ。

　では次。

「――《必殺剣Ⅶ》」

《必殺剣Ⅵ》から《Ⅸ》までは、地味な効果が続きます。

要するに、「斬った対象に特殊な状態異常効果を付与する」シリーズってことで。

とりあえず、眠った（と表現すればいいのでしょうか？）〝ゴーレム〟の足元をずばっと一撃。

『……ゴゴ……ゴ……』

寝言（？）を言う〝ゴーレム〟さん。これは一見、何も起こっていないように見えます。

それもそのはず。《必殺剣Ⅶ》は「徐々に相手の〝魔力〟を奪う」という効果であるためでした。

目立ちませんが、これはかなり便利な技で、定期的に《必殺剣Ⅶ》を使えば、実質、永遠に〝スキル〟を使い続けることができるみたい。

「――《必殺剣Ⅷ》」

意識を奪いとった〝ゴーレム〟を無視して、別の〝ゴーレム〟を攻撃。

すると、その〝ゴーレム〟の挙動がおかしくなり始めました。

『ゴオオオオオオオオオオオオオッ！』

さながら怪獣映画の様相で、〝ゴーレム〟同士の仲間割れが始まります。

いま、私が斬りつけた〝ゴーレム〟には、敵と味方が真逆に見えているはずでした。

ドラクエ風に表現すると、〝こんらん〟しているってところでしょうか。

まあ、正確に仲間割れをさせる分、こっちのほうが強力ですけど。

んで、

「――《必殺剣Ⅸ》」

味方にした〝ゴーレム〟の背後に身を隠しつつ、隙をみてもう一体をさくっと。

すると、攻撃した〝ゴーレム〟の表面が、ボロボロと崩れていくのがわかります。

代わりに、これまでの戦闘で傷ついた私の身体が癒えていくのでした。

これが、十二時間戦い詰めでも、体力が尽きない理由でもあります。

この体力回復効果は、どうやら肉体の疲労でさえも癒やす力があるらしく。

百花さん指導による地獄のような特訓も、身体的な苦痛はさほどでもないのでした。

仲間の攻撃と私の《必殺剣Ⅸ》を受けて、がくりと膝を折る〝ゴーレム〟。

私はその頭部、――たぶん〝ゴーレム〟のエネルギー核っぽいフンイキのところに向けて、《必殺剣Ⅹ》を起動します。

同時に、私の刀が、深淵を思わせる黒に変色しました。

ぞわぞわぞわぞわ……。

なんだかよくわからない、不吉なエネルギーのようなものが、刀を中心に集まってきているような……そんな感じがします。

「ごご…………ごごごごごごご……」

嫌な予感がしたのかもしれません。

くずおれた〝ゴーレム〟は、最後の力を振り絞って、その一撃を防ごうと試みます。

ですが、無駄でした。

《必殺剣Ⅹ》に接触した者は、（恐らく、使用者である私も含めて）、この世界から消失してしまうのです。

「よっこらしょぉっと！」

疲れ果てたサラリーマンが立ち上がるときのような掛け声と共に、私は〝ゴーレム〟に一撃を食らわせました。

すると、

しゅごおおおおおおおおおおおおおぉぉぉぉぉ…………。

その巨体がまるごと、刀の中に吸い込まれていきます。

そのまま私は、〝こんらん〟している〝ゴーレム〟と、意識を失っている〝ゴーレム〟のトドメを刺して、刀を鞘に納めました。

ＲＰＧ脳を持つ方にもわかりやすく《必殺剣》の効果を説明するなら、

《必殺剣Ⅵ》は、敵を眠らせる効果。

《必殺剣Ⅶ》は、ＭＰ吸収効果。

《必殺剣Ⅷ》は、敵を混乱させる効果。

《必殺剣Ⅸ》は、ＨＰ吸収効果。

そして、《必殺剣X》は……即死？　異次元に飛ばす？

とにかくそんな感じの効果です。

「……ふう」

腹具合を確認してみたところ、まだ魔力には余裕がある感じ。余力を残した状態で〝ゴーレム〟三体を仕留めることに成功したようでした。

大事なのは、そこです。

これまでの戦いで、相棒の彩葉ちゃんの戦い方はわかっていました。

彼女、どうやら、限界ギリギリまで《魔法》や《必殺技》を連発する癖があるらしく。

〝魔物〟を倒す効率がいいのは結構なことですが、すぐに魔力切れを起こしちゃうんですよね。

そんな彼女をフォローするためにも、私は決して無理をしない戦法を取る必要があるのでした。

「うおおおおおおおお！　これで六体目だぁ‼」

元気よく〝ゴーレム〟を叩きのめした彩葉ちゃんは、勝ち誇ったように両腕を高く掲げました。

「あーしの勝ちだな！　ねーちゃんは？　──あれ？　三体だけ？　まだまだだなぁ！」

「うんうん。えらいえらい」

そう言って頭を撫でてあげると、

「えへへ～」

邪気のない笑みを浮かべながら、少女は照れます。

「ま、いまのヤツら、あーしとあいしょーがよかったんだ。あいしょーが」

まったく、こっちの気苦労も知らずに……。でも可愛いので許します。

「じゃ、……そろそろ、帰ろうか」

百花さんが、持ってきた文庫本から目を上げて、そう言いました。

「二人ともお疲れ様。戦果報告は後回しにして、今夜はゆっくりしよう」

「ふかふかのベッドと、シャワーを所望します」

「もちろん。〝英雄〟にふさわしいスイートルームを選ぼうじゃないか」

と、私たち、朗らかに笑い合って。


思いがけず〝勇者〟と出くわしたのは、その帰り道のできごとでした。

*

「るーんるーん♪　るーらららららー♪」

ご機嫌に鼻歌を歌う彩葉ちゃんを先頭に、帰路を進みます。

彩葉ちゃんは《心眼》スキルがあるお陰で〝ダンジョン〟内でも自由に歩き回れていますが、私は百花さんの《光魔法》頼み。

「彩葉ちゃん、勝手に進んで、迷子になっちゃいけませんよ」

「だいじょーぶだいじょーぶ」

気がつけばいなくなる彩葉ちゃんに声をかけつつ、慎重に歩を進めます。

〝魔物〟はもう狩り尽くしたとは言え、何が起こるかわかりませんからね。

もうそろそろ、〝ラット・キング〟を仕留めたあたりかな、と思い始めたあたりでしょうか。

「うひょおおおおおおおおおおおおおおおおおおおおおおおおおおおおおおおお！」

先行する彩葉ちゃんが、バナナをもらった猿のような奇声を上げているのが聞こえました。

「ほ、ほほほほほ、本物だぁー！」

私は、百花さんと一瞬だけ視線を合わせた後、……走り出します。

「彩葉ちゃんっ、誰か……」

そこにいるのですか？　と続く言葉を断ち切るように、

「お願いします、サインください！」

彩葉ちゃんが頭を下げていました。

彼女の前には、スレンダーな女性が一人。

暗くて顔はわかりませんが、背はそこそこ高く、歳は二十歳かそこらに見えました。

女性は少し照れたように、

「ありゃ？　ひょっとして、ファンの子？」

と、自らの頬を撫でます。

どうやら、闘争の雰囲気ではなく。かといって、〝ダンジョン〟内部に平然と入ってくるような人です。油断はできませんでした。

「あなたは……？」

そのとき、《光魔法》が女性の顔を照らして。

「ああ！　あ、あ、あ、あーっ！」

ひっくり返りそうになるほど驚きます。

「アマタミツネさんだぁ！　ほ、ほほほ、本物？」

「ふっふっふ。何を隠そう、……本物よん」

その女の人は、にこりと笑みを浮かべました。

プロです。プロの微笑です。間違いありません。彼女は、――世界がこんなふうになる前はテレビでもよく見かけていた、女優の数多光音、その人じゃありませんか。

「あのー、あのーっ！」

彩葉ちゃんがぴょんぴょん跳ねて、自己主張します。

「あーし、『超勇者ブレイド』のファンなんだ！　ずっとヒロインのアカネちゃんみたいになりたくて、がんばってて……！」

彼女がこんなふうになるのは、これが初めてでした。

ちなみに『超勇者ブレイド』というのは、平日の夜に放映されていた特撮ヒーロー番組です。

私は観たことがありませんが、〝大人も楽しめるヒーロー物〟として、けっこう話題を呼んでいた記憶が。

ミツネさんは、〝ブレイド〟と共に戦うヒロイン役……だったかな？

よくバラエティ番組なんかにも出ていたため、かなり印象に残っています。

「『ブレイド』のアカネは当たり役だったよねー。あたしもお気に入りなんだ」

言いながら、ミツネさんは油性マーカーを取り出し、慣れた手つきでメモ帳にサイン。

「やったあ！」

ぴょんぴょん飛び跳ねながら、彩葉ちゃんはそれをポケットにしまいます。

私はというと、ちょうどいい紙を持っていなかったので、赤いジャージを一枚脱いで、白いシャツを見せました。

「そんじゃ、ここに書いてもらっていいですか？」

「いいの？」

「おっけーです。せっかくなので」

きゅきゅきゅきゅーっと背中を走り回るミツネさんのペンをくすぐったく感じて。

「それにしても、貴女は何しにダンジョンへ？」

「レベル上げ。少し前に新宿のダンジョンを制覇したから、次はこっちに移ってこようと思って」

「レベル上げってことは……」

「うん。あたしも〝プレイヤー〟だよ」

ぽっと、胸の中に火が灯るような想いがしました。

常人とは違う才能を持った人と肩を並べているような。そんな気持ちになったためです。

しかし。

ふと、すぐそばにいる百花さんと顔を合わせた瞬間、その気持ちは雲散霧消しました。

彼女は、ひと目見ただけでもはっきりわかるほど、敵意を露わにしているのです。

「はい、おっけー♪」

サインし終えたミツネさんが、ぽんと背中を叩きました。

そこに割り込むように彩葉ちゃんが入ってきて、

「あーし、勇者ブレイドの代わりにアカネちゃんが戦う話が大好きなんだ！」

「ああ、あのときは、ブレイドの役者さんが風邪で倒れちゃってねー。急遽、台本を変えることになったんだよ」

「そ、そんな裏話が！」

大興奮している彩葉ちゃんに対応を任せつつ、すぐさま、私は百花さんに顔を寄せました。

「百花さん、なんつー顔してるんですか。まるで恋人を寝取られたヤンデレ彼女みたいな感じですけど」

彼女は目を細めて、小さく嘆息します。

「……〝先生〟。彼女に《スキル鑑定》を」

首を傾げつつ、私はその言葉に従いました。そして、最初に頭に流れ込んできた情報は、

——ジョブ：勇者

「はぁっ？」

思わず、素っ頓狂な声が上がっています。

——残念だけど、他に選択肢はないんだ。

——〝勇者〟と〝魔王〟には、《不死》という特殊なスキルがある。

世界を救うためには、その両方を殺さなくてはいけない。

かつて、百花さんが話した台詞が脳裏に蘇り。

「ええええ。ええええええええ……」

ってことは、つまり……、彼女が私たちの宿敵ってこと？

正直、引きました。

バイトの面接に四連続で落ちたときと同じくらい。……いや、もっとでしょうか。

続いて、ミツネさんのスキルを確認していきます。

レベル：99
スキル：《剣技（勇者級）》《自然治癒（強）》《皮膚強化》《骨強化》《飢餓耐性（強）》《火系魔法Ⅰ・Ⅱ・Ⅲ・Ⅳ・Ⅴ》《水系魔法Ⅰ・Ⅱ・Ⅲ・Ⅳ・Ⅴ》《雷系魔法Ⅰ・Ⅱ・Ⅲ・Ⅳ・Ⅴ》《光魔法Ⅰ・Ⅱ・Ⅲ》《治癒魔法Ⅰ・Ⅱ・Ⅲ・Ⅳ・Ⅴ》《不死Ⅰ》《天命》《?神の加護》《正義の?》《不明》《見るな》《勝手に》《人の》《スキルを》《覗くな》《謎》《謎》《?》《?》《?》《?》《?》《?》

同時に。

ぞぞぞぞぞぞ、……と。

何か、思考に紛れ込むノイズのようなものが頭の中を侵食していきました。

「――!?」

「こ、これは……ッ？」

瞬間、私と百花さんの表情が固まります。

《不明》

「――うぐッ!?」

それは、間違って音量を最大にした歌を聴くのに似ていて。

想定した以上の情報が頭を叩き、思考を混乱させるのでした。

悪い妄想に取り憑かれているかのように、頭の中で《不明》という言葉が消えません。

私の知る限り、《スキル鑑定》がこのような挙動を起こすことは初めてでした。

ふいに、彩葉ちゃんとおしゃべりしているミツネさんが、こちらを向いて、

「こらー。勝手に人のプライバシー覗いちゃダメでしょー?」

と、やんわり叱りつけます。

どうやら、私たちの《スキル鑑定》に気づいていたらしく、彼女が何か、それを妨害するスキルを使用したのは間違いありませんでした。

「す、すいませ……」

言いかけた、次の瞬間です。

「――《ネビュラ》」

私のすぐ隣で、百花さんがスキルを発動させました。

それは、……あるいは、彼女なりの反射行動だったのかもしれません。

どのような形であれ、自分を攻撃したものは許さない、という……。

そこから先は、ほとんど自動的に身体が動いていました。

百花さんの右腕が跳ね、煌めく光の鞭を振るったかと思うと……、
私は瞬間的にその軌道上に出て、《ネビュラ》の鞭を全身で受け止めたのです。

「——ぐぁッ!!」

《防御力》スキルによるダメージ軽減を突き抜けて、光の鞭が皮膚を裂きました。

久々の出血。

瞬間、軽くお嫁さんにいけなくなるレベルの怪我を負い、ごろごろと地を転がります。

「——なっ!?」

「——ほえ？」

「——わ！　なになにっ？」

それぞれの声が、それぞれの方向から。

私は、結構な量の鮮血が〝ダンジョン〟の床にじわじわと広がっていくのを見ていました。

ものすごい勢いで、身体が冷たくなっていくのを自覚します。

まあ、怪我はなんとかなるのでいいんですけど、もっとマズいのは、今の衝撃でメガネが割れちゃったことなんですよねー。こりゃ参った。

私、かなりの近視な上、乱視もちょっと入っちゃってるので、メガネがないとほとんど周りが見えないんです。

「バカな！　〝先生〟、何を⁉」

叫んだのは、ぼんやりとした百花さんのシルエット。

次に行動を起こしたのは、ミツネさんでした。

丸腰に見えた彼女の手には、いつの間にか、身の丈ほどもある……棒？　あ、いや、剣ですねあれ。……とにかく、なんか武器っぽいものが握られています。

「ええええっ？　ど、どういうことだよ？」

ぼんやりとした声を発しているのは、彩葉ちゃんでしょう。

無理もありません。彼女一人だけ、この状況から置いてけぼりを食らっているのですから。

私は芋虫のように床に這いつくばったまま、必死に頭を回転させていました。

なんとか、この場を穏便に収めなければ。

考えているのは、そのことだけです。

「突然襲いかかってくるような手癖の悪い子は、おねーさんがお仕置きしてあげなくっちゃね！」

……ぐぐ。これはまずい。このままでは……。

「も、……ももかさん。いけません、戦っては……」

しかし、彼女はこちらをちらりとも見ていませんでした。

「まだ《不死》スキルが《I》だった。殺しきれるかもしれない」

そう、小さく独り言ちながら、全身に殺意をみなぎらせています。

「で？　いちおう聞いておくけど、そこのエルフ娘は、どういう目的であたしに攻撃を仕掛けてきたのかな？」

対する百花さんは、犬歯をむき出しにして吠えました。

「お前を殺すためだ！」

「ありゃりゃ。じゃあ悪いけど、それなら戦うしかないねぇ」

光音さんが、静かに光の剣を構えます。

「ほら、あたしって、世界を救わなきゃいけない立場だからさ……」

此方には恋河内百花さん。

彼方には数多光音さん。

ぴんと張り詰めた空気が、暗い〝ダンジョン〟の中に満ちていきました。

「こんなところで死んじゃあいられないんだよッ！」


そうして、殺し合いが始まって――。

男子高生編：その7　池袋

二〇一五年七月二十七日

俺たちが池袋に到達したのは、赤坂見附のコミュニティを脱出してから五日後。

想定より時間がかかったのは、足の不自由な於保多さんを気遣ったためだ。

今、彼は道中の病院から持ってきた車椅子に乗り換えている。片手駆動式の、レバーをこいで前に進めるやつだ。せっかくなのでわりとタイヤが頑丈そうなやつを選んでおいた。

最近では舗装された道路を進む機会が増えてきているので、これで於保多さんも一人で動けるようになるはず。ずっと人任せで動くのもストレスだろうしな。


この五日間、――子供三人、介助が必要な老人一人と、〝ゾンビ〟と戦う上では足手まといが増えてしまったが、決して辛い旅ではなかった。

コウは本当によく俺をサポートしてくれている。

ヒデオはリーダーシップが強く、子供たちをまとめてくれた。

アキラは皮肉屋だが、彼の一言が窮地を救ったこともある。

アカリは耳がいい。隠れた〝ゾンビ〟の位置を看破する天才だ。

於保多さんのユーモアには、いつだって心癒やされてきた。

それにもちろん、光音の力がなくては、ここまでたどり着くことすらできなかっただろう。

仲間がいるってことはいいもんだ。

被災地のド真ん中にいて、俺は人間の温かさを知ることができた気がする。

*

「ほほーう……」

「こ、これは……」

池袋駅西武口から地上に出た俺たちは、揃って深刻な表情を浮かべていた。

目の前の惨状に、息を呑んでいるのだ。

「本当にここがあの池袋か……？」

「それは間違いありませぬ。看板に書いてありますからな」

今のこの状況を、何かに例えるのなら。

「爆撃機による攻撃と、戦車による撃ち合いが行われた戦場跡、とか？」

「あるいは、ナッパが『クンッ』ってやった後の東の都、って感じですな」

「うむ、それだ。やっぱ『ドラゴンボール』に例えるとわかりやすいな。なにごとも」

「ですな」

池袋の街並は、とにかくそんな具合。

「なんなんだ、何が起こったらこうなるんだ。……軍が戦ったのか？」

「そういう話は聞いておりませぬ」

コウが、妙に自信ありげに言う。

なんでも、我が国が誇る陸上自衛隊はとっくの昔に関西方面へと退散してしまっているようだ。

政府のお偉方は早々に東京から脱出を図っていて、今では大阪を新たな首都にしようとする動きもあるらしい。

「しかし、……すごいな。これじゃあ〝ゾンビ〟だって無事じゃないんじゃないか」

「とはいえヤツらは、ゴキブリ並みにしぶといゆえ」

ぐるりと見回したところ、一つとして無事な建物はない。背の高いビルはみんな、砲撃されたようにあちこち歯抜けになっている。

以前Ｗｉｉを買うのに並んだこともあるビックカメラなどは根本から完全に倒壊していて、瓦礫（がれき）の山を作っていた。

特にひどいのは、かつて〝サンシャイン60通り〟と呼ばれていた繁華街だろうか。

何が起こったのかは知らないが、その辺の建物がごっそりなくなっている。

代わりにあるのは、巨大なクレーターらしきもの。

ここからではちゃんと見えないが、その辺一帯、不吉なオーラを放っているように思えた。

『…………』

そこで、いつもは無駄にやかましい数多光音が押し黙っていることに気づく。

「どうした？」

『あー…………いいえ。何でもないけど』

「何でもないことはないだろ。悩みごとか？」

さすがにここまで濃密な時間を一緒に過ごしていると、その程度の感情の起伏は読めるようになっている。

『いえ……、うーん。そうね。まあぶっちゃけると、このあたりで起こった破壊って、私の仕業なところ、あるんだよねー』

「なに？」

『今から四ヵ月くらい前だったかな？　そのとき、百花と初めて接触したの。ここがメチャクチャになったのはそのときの戦いのせい』

「ほほう……」

『百花のやつ、猟犬みたいにずーっと追いかけてくるもんだから、毎日が地獄だったわ』

「ちなみにいま、そいつの追跡は……」

『それは安心して。たぶんあいつ、私が死んだと思ってる』

「まあ、実際に死んでるし」

『それな』

そこで俺はコウに向き直って、

「ここから〝理想郷〟は遠くないんだったよな？」

「うむ。歩いて数時間、といったところでしょうか」

このあたりでは数少ない安全地帯の一つ。――〝理想郷〟。

「しかし、そんなとこ、本当に実在するのか？」

「むろんデマの可能性もござる。こうした状況下において、虚偽の情報が飛び交うのは当然のことですぞ」

「おいおい……」

「しかし、他に頼るものがないのも事実」

「そりゃそうだが……」

それじゃあ、今、俺たちがやっていることは、無駄足になる可能性が高いってことか？

考えてみれば、行く先に何が待ち受けていようと、大した問題ではない。

そう反論しかけて、俺は口を閉じた。

俺と光音の目的はあくまで、〝人助け〟だ。

ここにいる五人の安全を確保できるなら、それでいいじゃないか。

もし雅ヶ丘に〝理想郷〟がなくとも、そこに俺たちの〝理想郷〟を築けばいいだけの話だ。

「とりあえず……今日は早いとこ、休める場所を探したほうがよさそうじゃの」

そこで、車椅子に座った老人が口を開いた。

「於保多さん、……傷が痛むのか？」

「ん？　傷ぅ？　いいや？　好調じゃよ。前は身体のあちこちが痛かったが、今はマシになっとるし。犬咬くんの薬のお陰でな」

と、悟りを得た仙人のように笑う於保多さん。

俺と興一は、一瞬だけ視線を合わせる。お互い、苦い表情。

この爺さん、きっと無理をしている。……してないわけがなかった。

突如として右足と右腕を奪われた上、自分の生命を託す相手が頼りないガキ二人ときたもんだ。

目を覚ましてからというもの、於保多さんは、何ごとにも俺たちを気遣うように振る舞う。

そうすることが、自分が生き延びる唯一の手段だとわかっているかのように。

……まあ、あれこれ文句を言われるよりはマシだという考え方もある。

それでも、今の俺たちには、腰の曲がったお年寄りにきつい肉体労働を強制しているかのような、そんな気まずさがあるのだった。

思うに、爺さんって生き物は、ふんぞり返って若者に説教垂れるくらいの距離感がちょうどいい気がする。弱い立場から顔色をうかがわれるなんて、まっぴらだ。

幸い、光音によると、レベルが上がると《治癒魔法》というのが使えるようになるという。

その力があればなんと、失った手足をもう一度生やすこともできるらしい。『ドラゴンボール』に例えるならば、ナメック星人のように。

於保多さんのためにも、俺はなるべく早く〝レベル〟を上げる必要があった。

正直、作業プレイは大嫌いなのだが、今回ばかりはそれもやむなし、である。

「それでは皆の衆。一度、ウエストゲートまで戻りましょうぞ。あっち側なら、まだ使えそうなホテルがあったハズです」

一行を先導する役目の興一が、そう告げた。

そして俺たちは、変貌した池袋に背を向ける。

＊

それから、あちこちを散策すること数十分。

「なあなあ、今夜はここで寝ようぜ！」

ヒデオの提案で、俺たちはほとんど無傷で残っていたホテルを選ぶことになった。

〝アパホテル〟とかろうじて読めるその建物は、高級感のある大理石製の床が特徴的だ。

「やったー！　まるで王様のホテルだ！」

アカリが、頬を染めて言う。

「チェーンのホテルに、大げさな娘じゃのォ」

於保多さんが喉を鳴らして笑った。

とはいえ、すっかり雑魚寝が板についていた俺たちにとって、そのホテルはまさしく極上の宿に思える。

「吾輩もここがいいと思いますぞ」

「ああ。何より、扉をノックしている〝ゾンビ〟が少ないのがいい」

「決まりですな。……では、大先生。よろしくお願いいたしまする」

「了解だ」

そして俺は、〝勇者〟のヘルメットを頭に装着した。

『お？　仕事かね？』

同時に、光音が応える。

銀色の鎧を身にまとった戦士と化した俺は、剣を握りしめ、すでにこちらに向かってきつつある数匹の〝ゾンビ〟と相対した。

「ああ。ひと肌脱いでもらうぞ」

『オッケーオッケー。脱ぐような服なんて、もう着てないけどね！』

俺たちの〝仕事〟の描写は割愛させてもらう。

この五日間。もはやその価値もないほど、連中の始末には慣れてしまった。

＊

「そういやこの辺、わりと〝ゾンビ〟がいないみたいなんだが。光音はなにか知らないか？」

『ん？　……ああ、それはすぐそこに〝ダンジョン〟があるからよ。〝ダンジョン〟周辺には、不思議と〝ゾンビ〟が寄り付かないんだな。たぶん、連中の間で住み分けでもあるんじゃない？』

「〝ダンジョン〟？」

『細かい説明は省くけど、要するに怪物がいっぱい住んでるところよ』

「それ、省いていい説明じゃない気がするが……」

『いいの。どうせもう、不活性化してるんだから』

「……今は安全なんだな？　信じていいんだな？」

『もちろん』

ならいいんだが。

俺は、見かけた〝ゾンビ〟を片っ端から始末した後、しっかり戸締まりされている自動ドアを破り、仲間たちを招き入れた。

興一が謎の上から目線で、

「ふむ。ご苦労ですぞ」

小憎たらしい笑みを浮かべている。

俺は非常階段を通って、安全な場所を確保し、全員を客室のあるフロアへと案内した。

それぞれ個室を使ってもいい……状況にはなったのだが、満場一致の希望により、少し広めのツインルームを全員で使うことにする。

無理もなかった。昨今の世界情勢を鑑みるに、俺ですら仲間と離れて眠るのが不安に思えるほどだ。隣の部屋でがさごそ音が聞こえたら、反射的に〝ゾンビ〟を疑うよう、身体が躾けられているせいもある。

その後、俺は何往復かして、食料と大量の水、そして着替えをホテルへと持ち帰った。

「……犬咬どの。食料品はともかく、ここまで大量の水をどうするつもりで？」

そこで俺は、宣言する。

「これから、全員で露天風呂まで移動する」

「風呂？　……しかし」

「そこで、全員身綺麗になるんだ」

「ほほう？　それはまた、なんと贅沢な……」

「〝理想郷〟の連中には、少しでも文明人らしく見てもらう必要があるからな」

同時に、全員が押し黙る。

〝身体を洗浄する〟という常軌を逸した考えに、みんな息を呑んでいたのだ。

「でも、おみず、もったいないんじゃ……」

アキラの気弱な反論に、

「飲み水は十分あるから心配しなくていい。それよりも数ヵ月分の垢を落とすほうが重要だ。俺たち全員、家畜小屋の牛みてーな臭いがするんだから」

幸い、すっかり暖かくなっていたため、お湯を作る必要がなかったのには助かった。

その後、浴場に移動した俺たちは、老若男女問わず全員すっぽんぽんになり、持ってきた水で全身を洗っていく。

身体の不自由な爺さんに関しては、全員で協力して、ごしごしと洗ってやるのだった。

「ふううううううううむ。……こりゃ心地いいわ……」

於保多さんも、そのときばかりは心の底からの言葉を口にしていたように思う。

*

それにしても、全員の身体に染み付いた汚れはひどかった。

垢を通り越して……なんかもう、白い粉みたいなのが風呂場に広がっていく始末である。

だがまあ、それも当然か。

〝終末〟が訪れてからの五ヵ月間、みんな〝生きる〟ことを最優先にしてやってきた。水は飲むもので、身体を洗うのに使うものではなかったのである。

数時間後、すっかりピカピカになった俺たちは、揃ってベッドの上に倒れ込んだ。

全員、ほとんど同じタイミングで猛烈な睡魔に襲われていったのは、偶然じゃない。

それだけ、暖かいベッドで眠るという行為が、麻薬的に心地よかったのである。

俺の両腕に抱きつくように、アキラとアカリが。

その隣のダブルベッドに、興一と於保多さん、ヒデオがそれぞれ川の字になっている。

そのとき、俺たちは人生に必要なものすべてを得て、充足していた。

＊

世界一幸福な睡眠。

その、次の日の朝。

自然と目を覚ました俺は、ホテルの備品にあった歯ブラシで歯を磨きつつ、ぼんやりと外の風景を眺めていた。

むろん、観光目的ではない。〝ゾンビ〟の動向が気になるのだ。

崩壊後の世界で二足歩行するものを見かけたら、それはほぼ間違いなく〝ゾンビ〟である。

この辺は数が少ないとは言え、群れに出くわさないとも限らない。今のうちから、どういうルートで進むか考えておく必要があるのだ。

……が。

「――ん？」

視界に〝あるもの〟を捉えて、俺の目は釘付け（くぎづ）けになる。

それは、今時珍しい、生きた人間だった。

目を凝らし、その姿を注視する。

見たところ、男が一人、女が一人いるようだ。

男の手には、……サバイバルナイフ。

女の手にはどうやら、スコップが握られているらしい。

とても、それだけで〝ゾンビ〟たちと渡り合えるとは思えないが……。

——なんか変な魔法使ったり、人間離れしてるやつは、基本的に敵だと思ったほうがいいわ。

光音の言葉を思い出す。

彼らは……どっちだろう。そう、値踏みしながら。

「おにーちゃん……どうかした？」

目を覚ましたアカリが、声をかけてくる。

「いや。なんでもない」

なんにせよ、この子たちを危険に晒すわけにはいかないな。

「まだ早いから、しばらく寝てていいぞ」

「ふぁい……」

そのときの俺の頭には、一つの案が浮かんでいたのだった。

＊

ぼんやりと、崩壊した池袋を歩きながら。

今野林太郎の脳裏には、名状しがたき焦燥がよぎっていた。

(やべーよなぁー。ぜったいやべーよ)

そう思わせるような出来事が、最近多くなっている気がする。

（このままだとなぁ、まともじゃいられなくなるヤツ、増えてくんだろぉーなー。なんとかしねーとなぁ。……っつっても、オレっちじゃ、どうにもできないんだけども）

ため息を一つ。

「あらら」

「ん？」

「珍しいわねぇ。林太郎くんも、ため息なんてつくんだ」

同行者である君野明日香が、からかうように言った。

「んん？　そんな珍しいかぁ？」

「そうよぉ。いっつも、ヘラヘラ笑ってるイメージがあるもん」

「言っとくけど、俺だっていろいろ考えたりするんだぜ。……たまには」

「へえ。例えば？」

「なんつーか。……いよいよ〝世界の終わり〟が近づいてきたなぁー、っていう、実感？」

「まあ、確かに。ここんとこ鬱展開が続いてる気がします」

「だよなぁ？」

渋谷に最初の〝ゾンビ〟が現れてから、もう半年近く経過していた。

〝文明人〟の化けの皮が剝がれ始めるには、十分な時間である。

幸い、今のところ林太郎たちのグループは安定しているが……。

いつだったか〝雅ヶ丘高校〟の代表者の一人でもある佐々木先生が、高らかにこう宣言したことがある。

「とにかく、長期的な視野を」と。

ある種のストレス環境下においては、多くの人が〝短期間の〟耐性を発揮する。危険なのは、そうしたストレスフルな環境が長期にわたる場合だ。

最初の一ヵ月が平気だったからといって、次の一ヵ月も平気であるとは限らない。

心が折れる瞬間は、ある日突然、誰の身にも起こりうるのである。

問題は、コミュニティのストレスに対する抵抗力がどの程度のものか、という話で。

果たして、人を喰らう死人どもに囲まれた状況で、いつまで我々はまともでいられるのだろう？

心的疲労の蓄積は危険だ。

怪我などと違って、目に見えるものではないところが特に。

そして、それらはやがて、個人だけでなくコミュニティそのものを蝕んでいくだろう。

すでに東京に取り残された多くのグループが、残酷な最期を迎えていた。

その原因の大半が、人間同士の争いである。

あと、ほんの少し。

数日か、あるいは一週間だけでも平静でいてくれれば救助が間に合った、……そういう人たちも数多くいて。

林太郎たちはこの数日間、そうした現場を数多く目の当たりにしているのだった。

「はぁ……」

「はぁぁぁぁぁぁぁぁ～」

明日香も釣られて、深いため息をつく。

二人分の吐息が、人気(ひとけ)のない池袋に響いた。

「覚悟はしてたけど。……ホント、心の折れる仕事だねぇ」

今、林太郎たちが戦っている敵は、〝ゾンビ〟でも〝怪獣〟でもない。

恐らくそれは、〝絶望〟と呼ばれる、目に見えぬ敵であった。


——首をくくった子供たちだとか。

——自ら火が放たれた焼死体だとか。

——ケダモノのように通行人を襲う悪漢だとか。

——狂気にとらわれてしまった人々だとか。


〝雅ヶ丘〟から一歩外に出れば、胸を抉(えぐ)るような出来事はごまんと転がっている。

林太郎は、普通の人よりも精神的にタフ（というか、無神経）だという自負があるが、そんな彼ですら、メランコリックな気分にさせられる事態が続いていた。

（こういうときに……）

林太郎は、ふいに顔をしかめて。

（こういうときに、あの人がいてくれたら）

もはや癖になりつつあるないものねだり。

そんな相棒を見かねてか、君野明日香は大きくため息をついて、

「……今日はいったん、帰ろっか？」

と、提案する。

だが、林太郎は首を横に振った。

「いいや。もうちょっとだけ探そうぜ。このあたりは〝ゾンビ〟が少ないから……まだ、生き残ってる人もいるかもしれない」

「でも……」

「そういや、確かこの辺が最後の目撃情報があったあたりだよな?」

彼らの目的は、〝物資の補給〟と〝人助け〟。

そして、もう一つあった。

四ヵ月ほど前に姿を消した、三人の仲間の捜索である。

恋河内百花。

羽喰彩葉。

そして、――ただ、仲間に〝センパイ〟とだけ呼ばれていたあの人。

「そうなんだよねー」

明日香は髪の毛をいじりながら、

「どーこ行っちゃったんだろーなぁ。……センパイは」

「ああ。それに、彩葉ちゃんと、百花さんって人もな」

声に出してみて、彼女の存在がいかに大きいものだったかを思い知らされる。

(みんなの心が荒(すさ)んでいってるのも、センパイがいなくなってしまったからじゃないか?)

そんな思いまで頭に浮かぶ始末だ。

個人の力で、物事の流れがそこまで変わるとも思えない。

それでも、心のどこかで、あの人がいてくれれば何かが変わっていた気がしている。

思うに、真の英雄とは、そういう存在のことを言うのだろう。

〝センパイ〟は、決して間違わない人ではなかったが。

少なくとも、前に進むことを恐れない人ではあった。

一緒にいる仲間に、「やるぞ」という気持ちを起こさせる人だった。

*

〝センパイ〟が林太郎たちの前から姿を消したのは、今からおよそ四ヵ月前のことである。

〝センパイ〟とその仲間たちが、〝ダンジョン〟と呼ばれる巨大な地下空間に向かっていったところが、最後の目撃情報。


そして、……そこで何か、得体のしれない出来事が起こった。


池袋の街をまるごと滅茶苦茶にしてしまう何かだ。

それ以来、センパイ、羽喰彩葉、恋河内百花という三人の仲間は、未(いま)だに行方不明のままだ。

何がどうなっているのか。林太郎たちには見当もつかない。

これは、あまりにもセンパイらしくない事態であった。

もっとも、死んではいないという確信はある。

彼女と林太郎たちは、とある〝絆〟で結ばれているためだ。

《隷属》スキル。

その力は、いまも消失していない。

（ってことはつまり、センパイはまだ生きてるってことだよな。うん）

そこで、一瞬だけ思考を切って、

「でもさ。やっぱさ。……センパイは、俺たちを避けてるんじゃないのか？」

「なんで？」

「もし、あの人が俺たちを必要としてくれてるんなら、きっと向こうから連絡があると思うんだ。

俺たちの場合は、軽く念じてやれば済む話なんだから。……でも、それがないってことは……」

「そうかもしれない。でも、そうじゃないかもしれない。何かの理由で、それすらできない状況にいるのかも」

「何かの理由って？」

「……さぁ？　わかるわけないよ」

もうこれで、百度目にもなる議論である。林太郎はもう一度、深くため息をついた。

結局はすべて、雲を摑むような話で。

こちらにできるのは、ただ、諦めずに前に進むことだけ。

と、そのときだった。

「た、助けてくれぇッ」

小さく悲鳴を上げながら、一人の男が林太郎たちの前に現れる。

歳は……こちらとあまり変わらないくらい。ごくごく平凡な男子高校生って感じの男だ。

『うぉおお、ぉおおおお、おおおおおおおおおおおおおおおおぉッ！』

彼の背後にいるのは、一匹の〝ゾンビ〟。

この辺はあまり〝ゾンビ〟がいないことで有名だったが、それでもまったくいないわけではないらしい。

「俺が」

「林太郎くん……、わかってるよね？」

「ああ」

目配せだけで、その言葉の意図を察する。

明日香は要するに、手を抜け、と言っていた。

〝センパイ〟からスキルの力を与えられた林太郎たちだが、普段はなるべく常人らしく振る舞うことにしている。

これには理由があった。

一つは、〝プレイヤー〟と呼ばれる、凶悪な力を操る連中に目をつけられるのを避けること。

そしてもう一つは、……あまりに強い力を見せつけてしまうと、時として救助しなければならない相手を警戒させてしまうためだ。

「大丈夫だ、そいつは俺が仕留める！　そのまま、引きつけておいてくれ！」

「あ、ああ！」

「よぉし……」

林太郎の〝演技〟は上等だった。

自分が常人だったころとあまり大差のない程度に力をセーブして、〝ゾンビ〟の背後を取り……

がつん、と、その後頭部を叩き割る。

「一丁上がりぃ！」

叫ぶと、目の前の男は息を切らせつつ、地面の上に倒れ込んだ。

「はぁ、はぁ……あ、危なかった……！」

どうやら、ずいぶん長距離にわたって追いかけっこをしてきたらしい。

「大丈夫ですか？」

明日香が、外行き用の笑顔で手を差し伸べる。

「ああ……問題ない」

「私は君野明日香と申します。……そちらは？」

「俺は、犬咬。犬咬蓮爾だ」

青年は、一瞬だけ値踏みするような表情を見せてから、

「どうやら、あんたたちはまともそうだな」

ニヤリと笑った。

*

「危なかったですねぇ～。お怪我は？」

差し伸べられた手をしっかと握りしめ、俺は立ち上がる。

「問題ない……っす」

「お、意外と元気な感じ？」

すると少女は、くすくすと魅力的な笑みを浮かべた。

「〝ゾンビ〟に襲われた後って、しばらく足腰がガクガクしません？」

「ああ……わかるよ」

……この、明日香って娘。ちょっと可愛い。

そこで、〝ゾンビ〟を仕留めた男が、鉈のように巨大なサバイバルナイフを拭きながら、

「へっへへ！　でも、もう大丈夫だぜ。スーパーヒーローのオレっちが来たからにはな！」

運動能力の高い、同年代の青年。

そして、どこか陰のある美少女。

……二人は何者なんだろうか。

「オレっちは今野林太郎だ。よろしくな」

がっしりとした、力強い手だった。戦士の指だ。

そして、ぎゅっと手を握られる。

この数ヵ月、ゲームばかりしてきた俺とは違う。

「ああ、よろしく……」

林太郎は、「今後とも仲良くやっていこうぜ」とでも言わんばかりだ。

一瞬、それにあっさりとほだされそうになる……が、まだ、こいつらが味方だと決まったわけではない。

「あんたら、どこから来たんだ？」

とりあえず、根無し草には見えなかった。

二人とも、ここんとこ見かけた人間の中では清潔なほうだし、飢えているようにも見えない。

つまり、どこかにある安全な場所から派遣されてきた可能性が高い、ということだ。

「〝雅ヶ丘〟ってとこだけど」

「〝雅ヶ丘〟、……って、あ、あの？」

「おうよ」

「理想郷だって聞いたが。本物の」

「おお？　そんな噂が立ってんの？」

どうやら、初耳らしい。

「……いいとこなのか？」

「まあな。そうなるよう、みんながんばってる」

同時に、俺は二つのことを理解した。

〝雅ヶ丘〟には、よそ者を追い払わない程度には恵まれた物資がある、ということ。

そしてもう一つ。

外部に対抗するための十分な備えがある、ということだ。

(理想郷、か)

案外、誇張ではないかもしれないな。

少なくともそのときの俺は、そう思った。

＊

林太郎と明日香さんを伴ってホテルに戻ったのは、それから数十分後のことだ。

いちおう、外出する旨、書き置きを残しておいている。

そのためか、興一はあまり心配していないようだった。

「ややや、おかえりなさいですぞ」

ただ、俺が連れてきた二人組を見て、

「そちらのお二人は？　あっ、犬咬どの、ひょっとしてお助けしてあげたので？」

と、余計なことを言う。

「助け、……？　いいえ、逆です。みなさんを救助しに来ました」

「ほほう？」

「私たちは、〝雅ヶ丘〟から来た者です」

「……それマジ？」

「マジです」

「それは僥倖（ぎょうこう）。ちょうど我々はそこに向かっているところだったのですぞ」

「ええ。それはよかった」

そこで興一は、少し顔をしかめて、

「ちなみに……我々は今後、どうなるのですかな？」

「拠点は〝雅ヶ丘高校〟周辺です。そこまで移動した後、……たぶんみなさんには、近くにあるマンションの部屋が割り当てられるでしょうね」

「なるほど」

「その後、気持ちの整理がついたら、何らかの仕事についてもらう必要があります」

「具体的には？」

「いろいろですねぇ。最近は、自給自足の生活を送れるよう、農業を始めていますので。できればそっちの仕事が回されるんじゃないかしら」

「安全で、人を傷つけずに済む仕事なら、なんでもしますぞ」

「それはよかった」

明日香さんが、穏やかに微笑む。

「それと。……そちらのお爺様と子供たちはご家族で？」

「いいや。皆、血のつながりはありませぬ。ただ、同じ釜の飯を食った仲ですぞ」

「なるほど」

「何か問題でも？」

俺の幼なじみは、思ったよりも抜け目のない男だった。さり気なく探りを入れているらしい。

もし、身体に不自由を抱えている於保多さんのような人を見捨てるような連中ならば、移住に一考の余地があるように考えたのだろう。弱者を切り捨てるようなコミュニティは、どちらにせよ先は短い。

「いいえ。単純に、ここから移動するとなると、道中が危険だな、と思っただけです。知ってのとおり、〝ゾンビ〟以外にも街のあちこちに悪漢が潜んでいますので」

「確かに」

「トラックを派遣したほうがいいかもしれませんねぇ。林太郎くん。いま、空いてるトラックってあったかな？」

「どうだっけ。確か、紀夫のおやっさんがこっちまで来てるって聞いたけど」

「無線で呼び出せる？」

「ダメ元で試してみるかぁ」

言いながら、林太郎はバックパックから無線機を取り出し、部屋を後にした。

すると興一が、

「少し……我々だけで、話し合いの機会をいただけますかな？　できれば数十分ほど」

と、提案する。

「もちろん」

にこやかにそう言って、明日香さんもホテルの部屋から出ていった。

二人が立ち去ったのを確認してから、興一は振り向く。

「どう思いますかな？　二人は信用できるでしょうか？」

「わからんけど、できるんじゃないか。於保多さんのことも気にしてない感じだったし」

「……噂は本当だった、と？」

「火のないところに煙は立たぬというしな」

「ふむ」

興一は、仲間たちに向き直り、

「みなさんは、どう思います？」

すると、於保多さんは肩をすくめて、

「任せる。ただ、二人とも悪い若者には見えんかったな」

子供たちも、それぞれ考え込んだ後、

「たぶんだけど、犬咬にーちゃんがいるところが、いちばん安全だと思う」

と、応えた。

「光栄だね」

言いながら、俺は結論を出そうとする。

「じゃ、決まりだな。あの二人についていく方向で……」

「ちょっと待った。犬咬どの」

「ん？」

「もう一人、話を聞いていない相手がいますぞ」

「……いたっけ、そんなの」

すると興一は、ため息交じりに〝勇者〟のヘルメットをコツコツと叩いた。

「ああ～」

光音か。

「もちろん、忘れてたわけじゃないぜ」

と、言い訳交じりに呟く。

いまいち、彼女の状況認識能力を疑ってかかっていたのかもしれない。

なにせ、生きて、歩いている人間と違って、彼女は死者なのだ。

(それでもいちおう、意見を聞いておくべきか)

そう思って〝勇者〟のヘルメットを被る。

すると、

『おwwwwwwまwwwwwwwwwwwwwwえwwwwwwwwwwww』

草を生やしまくっているとしか思えない声が聴こえてきた。

「ん？　どうかした？」

『いいかげんにwwwwwしろよwwwwwwwなんであたしのwwwwww意見をwwwwwww真っ先にwwwwww聞かないwwwwww』

「ああ、すまなかった。うまいタイミングが見つからなくってな」

『トイレいくふりして、こっそりヘルメット被るとかできたでしょ！』

「……その手があったか」

『あほーっ！』

二人と接触した後は、あれこれ情報を聞き出すことに集中していたのである。

とても、光音の話を聞くところまで考えが回らなかった。

「で、なんかまずいことでもあるのか？」

『説明の前に、いまさっき取得した二人のステータス出すよ』

「え？」

なまえ：きみの　あすか
ジョブ：どれい
ぶき：かいぞうスコップ
あたま：なし
からだ：ジャージ
うで：なし
あし：うんどうぐつ
そうしょく：ゆりのかみかざり

なまえ：こんの　りんたろう
ジョブ：どれい
ぶき：ナイフ
あたま：きいろいバンダナ
からだ：がくせいふく
うで：なし
あし：うんどうぐつ
そうしょく：ぎんのネックレス

レベル：5
HP：19
MP：12
こうげき：21
ぼうぎょ：11
まりょく：10
すばやさ：19
こううん：22

レベル：5
HP：21
MP：10
こうげき：20
ぼうぎょ：12
まりょく：11
すばやさ：23
こううん：18

「……え？　んん？」

首を傾げる。

よくわからん……が。

二人とも、常人に比べてかなり強い気がする。

……いや、それより。

「なんだこの、〝どれい〟ってのは」

『ええっとね。この世の中には、色んなジョブがあってね。〝勇者〟とか〝戦士〟とか。……その他に、〝奴隷使い〟ってジョブが存在するのよ』

「どれい……？」

その、反社会的な響きに息を呑む。

『あの子たち、その〝奴隷使い〟ってジョブの〝プレイヤー〟に《隷属》スキルを使われてる』

「そんな……！」

俺は、思わずベッドの隅に座り込んだ。

「あの二人が？」

『こっちは、キミがよくわかんない芝居を始めたあたりからずっと、戦々恐々としてたんだぞ』

〝よくわかんない芝居〟というのはつまり、彼らの実力を測るため、〝ゾンビ〟を引きつけた一件のことを言っているのだろう。

だが言い訳させてほしい。

距離が離れていると〝勇者〟の力は使えなかったし、ヘルメットを装着した状態で二人に接近するのは、あまりにもリスクが高かったのだ。

あの状況では、ああするのが最も効率的に思えたのである。

「しかし……」

『おーっと、ここで新情報ゲット！』

「は？」

『ドアの外にいる二人の会話を盗聴したわ。これから流すわよ』

「盗聴……？　お前、そんな器用な真似もできたのか」

『盗聴、録音、なんでもござれ。健康管理だってしてあげてるでしょ。わりと万能なの、あたし』

光音がそう告げた、次の瞬間だった。

ヘルメットから聴こえてくる音が、何倍にも拡張されて、……指向性のマイクが音を拾うように、二人の話し声が聴こえてくる。

＊

『……まり、あの犬咬ってヤツは怪しいってことか？』

『ええ』

『でも、なんで？』

『勘』

『か、勘って……』

『いちおう、根拠はある。常人なら、ここまで生きてきただけで、ギリギリの状況なはず』

『かもな』

『でも、彼らはそうじゃなかった。……ねえ、林太郎。これまで、石鹸の匂いがした避難民を見たこと、あった？』

『まあそーいや、珍しいっちゃ珍しいな』

『あれは、まだ心に余裕のある人たちだと思う。そして、この世界で生きていくのに余裕がある普通人はいない。……もし、いるとすれば……』

『……〝プレイヤー〟ってことか』

『そう』

『グームムム。しょーじきオレっちには、あいつが悪いやつには見えんのだが』

『それでも、警戒するに越したことはない。そうでしょう？』

『まあ、そうだな』

『紀夫さんとは連絡がついた？』

『ああ。おやっさんは、いまこっちに向かってるところだ』

『じゃ、それまで話を引き伸ばして……場合によっては、戦うことになるかもね』

＊

（なるほど。そうなるのか）

俺は頭を抱えて、自分の愚かさを憎んだ。

（よかれと思ってしたことが、裏目に出る、か）

思えば我が人生、そのようなことの繰り返しな気がする。

「……むむ？　どうかされたので？」

ふと気づけば、輿一（というか、その場にいた全員が）不安そうな表情を向けていた。

「すまん」

俺はみんなに頭を下げる。

結局、どの時点で判断を誤ったのか、見当もつかなかったが。

ただ、これだけは確かだった。

「交渉決裂だ。……ここを脱出する」

男子高生編：その8　闘争と逃走

俺は冷静だった。

結論を急ぐ前に、俺たちの抱えている問題がどういうものか、みんなに正確に理解してもらう必要がある。……と、判断できる程度には。

この世には、〝プレイヤー〟という、不思議な力を操る者がいること。

そして、〝プレイヤー〟はどうやら、〝勇者〟の装備を持つ者（光音）に敵対する傾向がある、ということ。

俺が連れてきた二人組は、その〝プレイヤー〟の一味らしいこと（みんなマジでごめん）。

「ただその、〝プレイヤー〟って連中は、俺（と光音）にとっては危険かもしれないが、みんなにとってはそうでもないかもしれない」

「ふむ」

「その上で聞きたいんだ」

俺は、みんなの表情をそれぞれ確認してから、

「……俺についてくるか。連中に身を任せるかを」

三人の子供たちは、ほとんど即答だった。

「犬咬にーちゃんといっしょがいい」

「だよなー。そうしたほうが、あんていかんあるよなー」

「ね」

興一は、彼らが発言し終わるのを待ってから、

「犬咬どのにとって危険な相手なら、それは吾輩にとっても危険な相手だということですぞ」

「そうか……」

俺は頷く。

……だが一人だけ、苦い顔をしている人がいる。

於保多さんだった。

「……むう」

「於保多どの。どうかされましたかな？」

「わしはたぶん、残ったほうがいいんじゃろうな」

「……その心は？」

「足手まといになる」

「バカな！」

興一は一笑に付した。

「そんなこと吾輩、これまで一度だって考えたことはありませんでしたぞ」

「君たちが頼りになる子供たちだってことは十分にわかっとる。〝食用〟だった儂（わし）を、命がけで救ってくれたんじゃからな」

「ならば……」

「だからこそ、じゃよ。儂が残れば、追跡の手を遅らせることができるかもしれん」

「そういう考えはあまり好ましくありませんぞ。仮に於保多どのを犠牲に助かったとて、我々は後ろめたさのあまり、きっと毎晩悪夢にうなされる羽目になる」

するとお保多さんは、声を上げて笑った。

「ずっと思っておったが。……輿一くんには、ユーモアのセンスがある」

「今のは別に、冗談で言ったつもりはありませんぞ」

「しかし、なにもそこまで悲観することもないじゃろ。儂は、あの二人組がそこまでの悪たれとも思えん。それに」

老人は、こちらをしっかと見据えて、

「この身体で、逃亡生活は辛い」

それがこの人なりの本心なのだと、俺たちにわからせる。

瞬間、輿一は顔をくしゃくしゃにした。於保多さんの決意が堅いとわかったのだろう。

「輿一。……於保多さんの意見を尊重しよう。さっき言ったとおり、奴らが悪党とは限らない」

言いながら、俺は内心、〝奴隷使い〟と呼ばれる〝プレイヤー〟の存在について考えていた。

思うに、そんなジョブを選ぶやつなんて、ろくなものじゃない。

於保多さんはきっと、辛い思いをするに違いなかった。

それでも、あの二人（林太郎と明日香さん）を殺さず、かつ、身体の不自由な老人を伴ってここから脱出するのは、極めて困難が伴うことも明白だ。

残念ながら、俺にはこうする他、手段が見つけられない。

歯を食いしばって、車椅子に腰掛けた於保多さんに目線を合わせる。

「じゃ……これでお別れだな、於保多さん」

「せいぜい、腹痛のふりでもして時間を稼ぐよ」

「約束する。十分にレベルを上げたら、いずれ必ず〝雅ヶ丘〟に行く。そのときには《治癒魔法》で、あんたの手と足を再生してみせるからな」

「……まあ、期待せずに待っとるよ」

俺はいったんヘルメットを脱ぎ、於保多さんの残った左手を握りしめた。

瞬間、妙に感慨深い気分になる。

この人は、……俺の代わりに身体を裂かれたようなもので。

内心、於保多さんのことを、自分の身体の延長線上にいるように感じていたのかも。

だが、もう一度ヘルメットを装着したときには、気持ちは切り替わっている。

なにせ俺たちには、時間も、選択肢も残されていないのだ。

*

『どーやら、覚悟はできたみたいね』

「ああ」

『そんじゃ、ちょいとひと暴れ……する前に、現状のステータスを確認しときましょーか』

「頼む」

『ええと、前回ステータスを確認したときって、いつだっけ？』

「確か、レベル3のときじゃなかったか？」

『おっけ。ってことは……お、あれから二つもレベル上がってんじゃーん』

「へぇ」

正直、それがどの程度の意味を持つかは、よくわかっていない。

ステータス
レベル：5（＋2）
HP：48（＋9）
MP：19（＋5）
こうげき：33（＋2）
ぼうぎょ：35（＋5）
まりょく：15（＋8）
すばやさ：25（＋4）
こううん：7（＋1）

『ふむふむ。HPと魔力の伸びがいいわねー。なんか、ちぐはぐな感じ』

「そうなのか？」

『ゲームでも、タフな魔法使いってあんま見かけないっしょ？』

「ああ……」

言われてみれば。

『そして、安定の幸運の低さねー。うける』

「……この、幸運ってのは、高いといいことがあるのか？」

『うん。いろいろあるわよ。攻撃したときにクリティカルヒットが出やすくなったりとか』

「そうか。じゃあ、大して必要ないな」

『そう？』

「ＲＰＧは、詰将棋みたいにして遊ぶのが好きなんだ。その手の乱数に頼ったプレイは嫌いでね」

『えええええ？　そうかな？　会心の一撃で一発逆転！　って、なんかカッコよくない？』

「見解の相違ってやつだな」

俺は、一瞬だけ〝シカンダ〟を抜こうとして、やめておく。

よく考えてみたらこの剣、両刃だった。

（ってことは俺、あの二人を殴る蹴るで黙らせなければならんのか）

少し気が重くなる。

『あ、そうそう！　いい忘れてた？』

「どうした？」

『キミ、レベルが上がったから、魔法を覚えてたのよ！　〝ゾンビ〟相手には使えないから、今まで忘れてたわ！』

「ほう？」

魔法、か。

光音が生きていたときに使っていたのを見たきりだが。

「どういうのだ？」

『それがね、すごくついてるのよ。覚えたのは、〝触れた相手に電気を流して、気絶させる魔法〟なの』

「ほう……」

『《雷系魔法Ⅰ》。……あたしは、《ショック・ハンド》って名前で呪文登録しているから、使いたくなったらそう叫んで』

「《ショック・ハンド》ね」

オウム返しに呟いただけのつもりだったが。

瞬間、俺の両腕に、バチバチバチ！　と稲光が走った。

「お、おおおおおお!?」と、俺。

「な、ななな、なんぞ？」と、興一。

『ちょｗｗｗｗおまｗｗｗｗＭＰ無駄遣いすんなｗｗｗ』

光音が、けらけら笑いながら突っ込む。

「ちなみにＭＰってのは、どうすれば回復する？」

『ご飯食べたら回復するよ。ちなみに、使えば使うほどお腹が減るから注意して』

「なるほど。わかりやすいな」

『それと、ＭＰがなくなるとその場で〝勇者〟の装備がポンコツになっちゃうから気をつけてね』

「ふむ……」

そうなると、ＨＰだけでなく、ＭＰも俺の生命線というわけか。

『まあ、あたしから教えられることはここまで。……あとはどう切り抜けるかだけど……。何か作戦ある？』

「別に、難しく考える必要はないさ」

『ほほう？』

「連中は、ここの出入り口にいる。だったら、やることは一つだ」

『……あ、やっぱそうなる？』

「いつもどおりだ。正面突破する」

＊

「…………………ん？」

「…………………え？」

今野林太郎、そして君野明日香さんが、揃って目を丸くしている。

彼らに対峙する形で、俺はどーんと構えていた。

もちろん、全身銀ピカの鎧を身にまとった状態で、だ。

「………むむ？　これ、なに？　どういう流れ？」

そう言われるのも無理もない。

唐突にドアが開いたかと思えば、コスプレ野郎が飛び出してきたんだから。

「……ええっと」

明日香さんは突然現れたイカレトンチキを刺激しないよう、最大限に注意を払っている感じで、

「どなた？」

と、訊ねてきた。

「犬咬蓮爾だ」

「あらら。……おしゃれですねー。そのかっこ」

トボけた台詞を言いながらも、明日香さんは抜け目がない。

すでに、彼女の手にはスコップが握られていた。

「よくわからんけど。……武器持ってるってことは、やるつもりってことか？」

林太郎が、一歩前に出る。それを、さっと明日香さんが抑えた。

瞬間、（光音が気を利かせたのか）、二人の小声が、拡張されて聞こえてくる。

『待って。〝あの人〟がいたらきっと、「戦いは最後の手段ですよ」って言うと思う』

『そーかな？　オレっちは、「めんどーなので、ささっとやっつけちゃいましょう」って言う気がするけど』

何やら、少し揉めているらしい。

ちょっとしたやりとりの後、明日香さんがこちらに向けて、

「とりあえず、どういう理由で着替えられたのか、お聞かせいただけますかぁ？」

「やっぱり気が変わったから、俺たちはここを出ていく」

「そう……ですかぁ」

「すまんが、止めないでもらえるか？」

「我々に、そうする権利はありません。けど、なぜ急に気が変わったかだけでも」

「君たちが信頼できないからだ」

するると、「ははっ！」と、林太郎が笑った。

「この界隈で、オレらほど信用できるグループもないと思うけどな」

「林太郎くん。少し黙りなさい」

明日香さんが顔をしかめて、

「おっけーです。元より我々は、人助けが目的なだけ。あなたたちがそれを必要としていないのであれば、ここを去るだけ」

お？　なんだか思ったよりもあっさり引っ込んだな。

こうなってくると、少し話が違ってくる。ひょっとすると於保多さんとも別れずに済むかもしれない。

「……ただ、一つだけ質問が」

「なんだ？」

「あなた、〝プレイヤー〟ですよね？」

ヘルメットの中で、俺は眉をひそめた。

どう言うのが最善かわからなかったので、

「……応える義務はない」

と、応えておく。

「そうですか……」

そこで明日香さんは、一瞬だけ林太郎に目配せしてから、一枚の写真を取り出した。

「我々は今、人を探しています。申し訳ありませんが、この人相に心当たりがあるかだけでも教えていただけませんか？」

そこには、黒縁メガネをかけた、赤いジャージの女の子が写っている。

特徴的なところがないわけではないが、不思議と印象に残らない顔つきの娘だ。

「……むむ？」

少しだけ記憶を漁(あさ)って、その娘に見覚えがないと判断する。

が、

『あーっ、あの娘……』

俺のほうに覚えがなくとも、光音にはあるらしい。

「どうした？　知ってるのか？」

『うん』

「いつ知り合った？」

『知り合いってほどじゃないけど。四ヵ月ほど前に、ちょっとね』

四ヵ月前、――ってことは、三月ごろか。

俺があちこちぶらぶらしながら、安全地帯を探していたときだ。

「敵なのか？」

『びみょうなとこ』

詳しい状況については、後々確認するとして、だ。

「そのときのこと、伝えるか？」

するると、光音にしては珍しく、ずいぶん迷った素振りを見せてから、

『そうね。なんだか、悪い娘には見えなかったし。……それじゃ、あたしの言うとおりに話してくれる？』

「了解」

そして、咳払いを一つ。光音の言葉に続いて、話し始めた。

「……その娘のこと、見たことがあるわ……——じゃない、ぞ」

同時に、さっと二人の表情が変わる。

「四ヵ月前、池袋の地下で見かけた。よくわからんが、仲間同士で揉め事があったらしい。金髪の……ええと、恋河内百花って女と。んで、彼女の攻撃を受けて、致命傷を負った」

「致命傷ですって……？　その後は？」

「わからん。百花って女が暴れだして、その周辺は滅茶苦茶になった。こっちは逃げるのに精一杯で、その後のことは知らない。ただ、中学生くらいのガキが一緒だったから、死んではいない、……と、思う」

「なるほど」

「知ってるのはそのくらいだ。……もういいか？」

明日香さんが、視線を床に落とした。

俺のほうは、今後の段取りを考え直している。彼女たちが敵対しないのであれば、後は全員揃って、別の場所に移動すればいいだけだ。

どう動くかはまだはっきりと決めていないが、なるべく西へ向かってみようと思う。関西のほうはまだ、比較的安全だという噂を聞いていたためだ。

「じゃ、俺たちはここで」

「いや、待ちなさい」

明日香さんが、静かに告げる。

「確認しますけど。……あなた、そ、の、場、に、い、た、んですよね」

「……ん？　それは重要なことか？」

「ええ。とても重要なことです」

一瞬、どう応えるべきか迷う。

（光音のことを話すべきか？）

……いや。それはできない。

他の〝プレイヤー〟に狙われる可能性は、少しでも減らしておきたい。

「いいや。俺はその場にいなかった。これは人づてに聞いた話だ」

「矛盾してます。あなたは〝見た〟んでしょ？」

「む」

俺は腕を組んで、頭を悩ませる。

「〝見た〟というのは、俺の意見じゃない。このヘルメットは、仲間と視界を共有していてな。それで話がこんがらかったんだ」

嘘は言っていないよな、うん。

「そうか……。じゃ、その〝仲間〟と話をさせてもらいます」

「ダメだ」

「どうして？」

「そいつは今、ここではない、遠い場所にいる」

「その……ヘルメット？　兜？　みたいなやつを貸してくれればいいじゃないですか」

「なおさらダメだ。この装備は、俺たちの生命線だからな。信用できない相手には渡せない」

「そうですか……」

再度、視線を合わせる林太郎と明日香さん。

しばしの沈黙の後、

「そんじゃ、悪いけど力ずくで聞くわ」

その、林太郎の言葉は、あまりにも何気ない台詞だった。

例えるなら、「ちょっと晩飯はどっかで食べて帰るわ」くらいの。

「……なに？」

俺は驚いていた。

ヒトが。

こんなにも素早く、攻撃行動に出られるものか、と。

ほとんど瞬きする余裕もなく、二人がそれぞれ別の方向から迫っていて――

『犬咬くん！　殺しだけはダメだよ！』

「わかってる！」

反射的に〝シカンダ〟を抜きながら、俺は応えた。

ガギィッ！　と、火花を散らしつつ、金属同士が組み合う。

右手一本で、林太郎のナイフを。

左手一本（と〝シカンダ〟）で、明日香さんのスコップを。

二人分の膂力に吹っ飛ばされた俺は、ホテルのドアをぶちやぶって、室内で転がる。

「――ぐッ！」

もんどりうつ俺。

それを見た興一が悲鳴を上げて、

「い、犬咬どの！」

「俺が連中を抑える！　隙を見てお前らは脱出しとけ！　例の場所で落ち合う！」

「り、了解！」

瞬間、これが興一との今生の別れになる気がした。

って、バカか。

何、一人でフラグ立ててんだ、俺。

そんなもの、叩き折ってやる。

「腰が引けてるぜ、犬咬くん。喧嘩が得意じゃないヤツの構えだ」

「うるせえ」

「安心しろ。殺しゃしねーよ」

にらみをきかせながら、林太郎が言った。

「ただ……話は聞かせてもらう。なあ、〝暗黒騎士〟さんよ？」

……は？　……あんこくきし？　確かそいつ、光音の味方の一人だよな？

どういう勘違いだ？

だが残念ながら、もはや話し合いによって事態が解決する可能性は、限りなくゼロに近く。

「くそっ。……結局こうなるのか」

闘争はすでに、始まってしまっていた。

俺の疑問は、物理的に迫る危機によって中断される。

「――らぁ！」

「くっ！」

〝シカンダ〟が閃（ひらめ）き、ぎりぎりのところで林太郎のナイフを防ぐ。

防御は、ほとんど〝シカンダ〟任せきりにせずにはいられなかった。

俺の腕で躱せる練度の攻撃ではない。

なにより、今までの攻防で、嫌でも思い知らされてしまっている。

俺と連中との間に横たわる、歴然とした格闘技術の差を。

確かに、ステータスのパラメータ的には、俺が優（まさ）っているかもしれない。

が、目の前の二人に比べて、こちらは圧倒的に場数で劣っている。

まともな喧嘩で勝てる見込みは限りなくゼロに近かった。

『まずいわね、こりゃ……』

光音の言葉には、明らかな焦りが含まれている。彼女としても、ここで捕まるわけにはいかないのだろう。

「心配するな。俺に考えがある」

『どういうの？』

用意していた解決法は単純で、

「ゴリ押しでいく」

『それ、何も考えてないっていうのと一緒じゃ……』

もっともだ。

が、「攻撃を当てにくいが単純な力比べでは優っている敵キャラ」に遭遇したときの対処法は、これに限る。

俺はまず〝シカンダ〟を鞘に戻して、数歩ほど後退した。

背中には壁。もはや逃げ場はない。

「……どうした？　降参か？」

すると、林太郎が一瞬だけ交渉に応じる姿勢を見せた。

もちろん、降参する気などない。

すかさず、

「――《ショック・ハンド》！」

覚えたての呪文を叫ぶと、バチバチッ！　と、俺の両手に稲光が走った。

「……光音。ちなみにこれ、何秒くらい維持できる？」

『うーん。五、六分くらい？　それ以上になると、さすがに危険ラインかな？』

「十分だな」

野獣がそうするように、俺は両腕を半ば突き出し、がむしゃらに飛びかかった。

「……ちっ！」

林太郎が舌打ちしながら、後ろに跳ねる。

「明日香ッ！　こいつ魔法を使うぞ！」

「わかってる！」

（このまま押し通る……！）

そう考えた、次の瞬間だった。

バチィ！　と、電圧をまとっているはずの手のひらを、林太郎の腕が摑みとる。

見ると、林太郎の両手にも稲光が走っていた。

「な……！」

「魔法使いは！　お前だけじゃねー！」

見たところ、俺が使った《ショック・ハンド》と同様の技に見える。

（こーいうのって、キャラごとに能力が別々に設定されてるもんじゃねーのか）

どういう現象が起こっているのかは、見当もつかなかった。

俺と林太郎の手が、バチバチという耳障りな音を立てながら、室内を明るく照らしている。

（……いったん退くか？　いや……）

「ぐ、ぐぐぐぐ!?　あっ、やべぇかも、これっ！」

真っ向勝負を仕掛けてきた林太郎の表情に、苦悶の色が宿った。

『大丈夫！　魔力はこっちのほうが高い！　行ける！』

どうやら、〝魔法対決〟では俺のほうに分があったようだ。

この展開を狙っていたわけではない。だが、ステータス的に〝魔法〟を使うことで活路を見いだせる気はしていた。

「もぉ！　何やってんの、りんたろーくーん！」

こうなっては、明日香さんも手出しできまい。

「悪いが、このまま通してもらう……！」

俺は林太郎の手を掴みつつ、部屋の出入り口付近にいる明日香さんのほうに突っ込んだ。

「うわ、わわわわわっと⁉」

（このまま、林太郎ごと明日香さんを押し倒す！）

……が、ことはそう簡単にいかない。

「よいしょ！」

明日香さんが、跳び箱の要領で俺と林太郎の頭の上を飛び越えたのだ。それも、さほど広くない室内で。ものすごい運動神経である。

俺はというと、

（いま一瞬、ぱんつが見えたな）

この危機的状況下において、どこか客観的に物事を観察している自分を発見していた。

どうやら、赤坂見附の一件以来、かなり肝が据わるようになったらしい。

「……このー！　林太郎くんをはなせ！　――《ファイアーボール》！」

振り返り際に明日香さんが叫ぶ。

と、彼女の手に、握りこぶし大の火球が生まれた。

（まずいな。あれは避けられんぞ）

しかし、光音の意見は真逆らしい。

『チャンスだ！　犬咬くん！　あの火球をマントで受けて！』

「何？」

『いいから！』

「……くっ」

同時に、明日香さんの作り出した火球が、真紅のマントに叩きつけられた。

ボッン！　と、背中に衝撃。

俺は歯を食いしばって痛みに耐える……が、想定していたようなダメージはない。

むしろ、

「――!?」

両腕に宿る《雷系魔法》の出力が瞬間的に倍増した感じがして、

「ぐあああがががががががががががが！」

ほとんど拮抗状態にあったはずの林太郎の《雷系魔法》を押し返し、奴の全身を焼く。

「わ、すまん！　わるい！」

反射的に、敵に対する台詞とは思えない言葉を言って、慌てて両手を離した。

このままでは、間違いなく死んでしまうと思ったためである。

『ベネ！　ディ・モールト・ベネ！』

とはいえ光音はご機嫌だった。

「何が起こった？」

『ふっふっふ。キミが装備してる〝紅蓮(ぐれん)のマント〟には、《火系魔法》を吸収する効果があるのさ』

そうだったのか。正直、ただのおしゃれマントだと思っていた。

「り、りんたろーくん！」

明日香さんが悲鳴を上げて、仲間に駆け寄る。

俺はそんな二人に、

「……俺は負けるわけにはいかない」

とだけ言って、その場を立ち去る。

ふいに、自分の判断は根本的に間違っていたのではないか、と、思い始めていた。

この人たちは悪人でもなんでもなく、ただ、自分の大切な人を取り戻したくて必死なだけだったんじゃないか、と。

だが、いまさら後悔しても仕方ない。

俺は、ホテルの非常口に飛び込み、念のためドアノブを《ショック・ハンド》で溶かし、簡単には開かないようにしてから、ビジネスホテルを後にした。

＊

「危なかった……もう、ああいう賭けに出るのはゴメンだな」

全速で走りながら、俺は光音に声をかける。

『そう？　あたしが生きてたときは、こういうギリギリの戦いばっかりだったけど』

「そうかぃ。思ったよりお前、苦労人なんだな」

『てへへ』

別に褒めてはいないんだが。

それから、念のため数十分ほど走ったが、明日香さんたちの追跡はないようだった。

あの場に残してきた於保多さんが、うまくやってくれたのかもしれない。

それとどうやら、二人の話に出ていた〝ノリオのおやっさん〟の到着も遅れているようだ。

「ほとんど、運がよかったから助かったようなもんだな」

『でも、うまくいったじゃん。よかったねぇ』

「ああ……」

俺は物憂げに呟く。

「けど、これっきりだ」

助かった、という思いと裏腹に、俺の胸は苦いものでいっぱいに満たされていた。

「こういう、危険な賭けはこれでおしまいにしたい。……於保多さんとの約束もある」

『つまり？』

「しばらくの間は、レベル上げに専念しよう。本格的にな」

＊

二〇一五年七月二十七日

於保多さんを置き去りにすることになって、ようやくわかったことがある。
もはや俺は、後戻りできない。
力を得たからには、責任を果たさなければ。
強く、賢くならなければならない。誰よりも。

光音と共に〝魔王〟を殺し、終わる世界を救う。

それが、ようやく見つけた生きる意味。
俺の名前は犬咬蓮爾。
なんの取り柄もない、ごくごく平凡な男子高校生。
もしこの日記を読む人がいたら、俺はここに宣言したい。
俺は、——この世界の救世主となる、と。

エピローグ　深淵にて

「……――ちゃんッ」

「――おい！」

「――しっかりしろ！」

「ねーちゃん！」

「どうしたらいいぃ!?」

「どっちだ!?」

「どっちが敵なんだ!?」

「百花か？　光音か？」

「ねーちゃんの敵が、あーしの敵だ……！」

「だから、教えてくれ！」

「ねーちゃ――……ッ！」

＊

「わあ！」

悲鳴を上げて、目を覚まします。

どっぷりと闇の中に沈んでいた私の意識が、唐突に現実世界へと呼び戻されました。

「……何？」

と、独り言。

ゆっくりと左右を見て、いま、自分がいる場所を確認します。

いつの間にか、ベッドに寝かされていて。

「うーん……？」

そこはどことなく、病室を思わせる清潔な空間でした。

先ほどまで私がいた、薄暗くて不気味な場所とは真逆の雰囲気。

絹ごし豆腐のように白い壁、木綿豆腐のように白い床。

湯葉のような白いベッドに、豆乳のように白い扉に、……と。

なんで全部、豆腐関係の比喩なのか、自分でもよくわかりませんが。

「っていうか、怪我……ッ!?」

そこで、はっと腹部を押さえます。

百花さんの一撃をもろに喰らって、ひどいダメージを受けていたはずのお腹。

「……あれ？」

しかし見たところ、目立った怪我はないようでした。それどころか、麻布でできたちくちくする服に着替えさせられているみたい。

彩葉ちゃんが気を利かせてくれたのでしょうか？

「っていうか……あれ、あれあれ？」

そこで初めて、持ち物がすべて失われていることに気づきます。
刀が。メガネが。
私が生きていくために必要なアイテムが、両方ともなくなっているのでした。
途端に、いてもたってもいられないくらい不安な気持ちに襲われます。
この数ヵ月間、寝るときですら刀を手放したことなどなかったというのに。
ベッドの上をまさぐり。ベッドの下をまさぐり。
せめてメガネだけでもないものかと、懸命にあたりを探します。
結論。なし。
これには困り果てました。
なにせ、今の私は、三十センチ向こうもよく見えない状況なのです。
これでは、目の前にいる相手が〝ゾンビ〟かどうかもわかりません。
「どーしたもんかなー?」
ただ、心のどこかではまだ楽観的な気分でいました。
なにせ、怪我は治ってますし。清潔な場所ですし。
きっと彩葉ちゃんが、どこか安全なところに移動させてくれたのでしょう。
そう考えると、なんだかざわざわした気持ちが落ち着く気がして。

＊

事態の深刻さに気づかずにいたのは、それから四、五分でしょうか。

このままここでぼんやりしていても埒があかん。

そう思って、ぼやけた視界のまま歩き回って。

そして、部屋の出入り口に、一枚の張り紙を発見したのです。

私は、そのA4用紙一枚分の紙切れを、目の前の数センチくらいまで近づけて、一行ずつ丁寧に読んでいきました。


『おお、冒険者よ。死んでしまうとは、なさけない。

仕方のない奴だな。お前にもう一度機会を与えよう。

戦いで傷ついたときは、宿屋に泊まって傷を回復させるのだ。

再びこのようなことが起こらぬことを、私は祈っている。』


眉をひそめて、その紙を何度か読み返します。

そしてようやく、

「なに……これ……」

死んだ?

私、——死んだの?　あのまま?　百花さんの攻撃で?

ぞくりと背筋が凍ります。実感はありません。

ただ、眠るように意識を失ったことだけは覚えています。

(早苗さん……早苗さん!)

とりあえず状況を確認するために、《隷属》関係にある早苗さんに念話。

しかし、いくら呼びかけても、応える声はありませんでした。

（あれ？　……じゃ、明日香さん？）

（理津子さーん）

（林太郎くん）

（康介くん）

（紀夫さんっ）

（ちょっと、麻田剛三さん？）

（織田さーん）

（あ、明智さん！）

片っ端から名前を挙げていきますが、やはり返事はなく。

孤立無援。背筋を冷たいものが流れます。

死んだ？　私は本当に、死んでしまったの？

それを事実として受け入れるかどうかは後回しにして。

どういう形であれ、私が突如として姿を消したとなると、遺された仲間たちが心配です。

例えば、――恋河内百花さん。

彼女が暴走してしまったとすると、どう考えてもろくなことにならない気がしました。

「これは、……いったい、……？」

私が混乱の極致にいたときでしょうか。

部屋の扉を、こんこん、と叩く音が聞こえたのは。

「おーい。起きたか？」

それは、――少年のような、少女のような。子供の声でした。

少なくとも私には、聞き覚えがありません。

「――な……？」

「おっ、起きたな。よしよし。……それで、何が起こってるか、わかるな？」

「ええと……しょうじき、ぜんぜん……」

「ならば、それでいい。ゆっくり慣れていけばいいさ。ここでの生活に」

「生活……生活？」

うまく言えませんが、その口調から、不吉なものを感じます。

まるでこの場所からは、しばらく逃れられない。そんな気がして。

「ここは、どこです？」

「死んだ〝プレイヤー〟が来る場所、だよ。わかるだろ？」

「ええと、――つまり？」

応える声は、どこか詩を吟じるようでもあって。


「――地獄さ。ここは」

私は息を呑み、その場で凍り付きます。

ぼやけた視界が、より一層、不安をかき立てて。

「ショックみたいだな。わかるよ。でも安心しな。仲間を紹介する。みんないいやつだから、すぐになじめるよ」

＊

【都内。秋葉原を中心とするコミュニティ。

かつてこの場所はオタク・コンテンツの中心地であった。もちろん今は見る影もない。

秋葉原には一人、奇妙な男がいる。彼は自身をただ、〝王〟と呼ぶ。

神に選ばれた血統。死せる勇者を起こす人。そして、――〝魔王〟に対するもの。

取材班は、そんな〝王〟へのインタビューに成功した。

彼は本名を秘することを条件にインタビューに答える。】

――本日は、どうも……、

(言わせず、早口で)〝王〟の力に目覚めたのは、〝終末〟が起こる数年前のことだったんす。

――え？

驚いたっしょ？　このことだけでもお仲間……〝中央府〟に持ち帰るべき情報っすよ。いや、ぜひ持ち帰ってもらいたい。それは必要なことなんだ。必要なことだから。

――それって、つまり……。

ええ。この〝終末〟は、今年の二月二十二日に、ぽんと渋谷の中心に顕(あら)われたものではない。何年も前から始まっていたということなんす。

——な、なるほど。つまりあなたは、まったく平和な時代に〝プレイヤー〟として目覚めた？

そ、そ、そ、そのとおり！　当時はすっかり持て余した力でしたが。そもそもレベルを上げる方法もなかったし。

——確かに。〝プレイヤー〟は生き物を殺さないとレベルは上がらない……。

平和な時代で、人や動物を殺して回るわけにはいきませんっすからねぇ。こ、こ、ここ、こ、こういう冗談、知ってます？　当時の俺たちの間で流行ったジョークで。ぷちぷち、ぷちぷちと蟻を踏み潰して、『レベルが上がった！』なんつって。へへ、へへへ。

——それは……、

（急に笑うのをやめて）とはいえ、〝王〟のレベル上げは、普通の〝プレイヤー〟とは違っているんすけどね。

——それは、どういう……？

〝王〟は別ゲーなんすよ。通常のジョブが『スカイリム』なら、〝王〟は『エイジオブエンパイア』。わかる？　遊んだことある？　ストラテジー。

——ああ、いえ……。

あんた人生損してるよ。

——今度、時間があったら試してみます。

やんないときの常套句(じょうとうく)っすね。……それで、〝ダンジョン〟の話は？

——え？

〝ダンジョン〟の話も聞きたい？　聞きたいでしょ？

——え、ええ。**まあ。**

あれはちょっとした力作だったからね。

〝王〟に求められるのは、冒険者に試練を与えることなんで、けっこう色んな人が利用してくれたみたいでよかったっす。実を言うと、モンスターのデザインはあっちこっちから流用してるんすけどね。さすがにそこまで時間かけられなかったんで。

——**ええと……、**

あ！　言っとくけどパクりはしてないっす。パクりは最低っすからね。でもやっぱり、ある程度インスパイアが混じっちゃうのはしゃーないっしょ？　鳥山明（とりやまあきら）が天才すぎてね。ゴーレムのデザインとか、けっこう持ってかれちゃったところ、ある。

——**すいません。その、〝ダンジョン〟というのは……？**

え、〝ダンジョン〟知らない？　嘘だ。知ってるでしょ？

——**残念ながら。**

ちょっと、マジで言ってる？

池袋とか、新宿とか。あと六本木にも作ったんすけどねー。けっこう有名だと思ってたのに。

ってことは、アキバの〝深淵（アビス）〟も……、

——**それはわかります。先ほど見てきたので。**

あー、よかった。それ、知らないって言われたらどうしようかと。へへへっ、それはないか。で

すよね。へへへへへ。

――あそこには、……今も、亡くなった〝プレイヤー〟が閉じ込められているのですか？

へへへへ。ひひひ。それはどうかな。

――すいません。大事なところなので、正確に答えていただきたいのですが。

まあね。あそこは〝ダンジョン〟攻略に失敗した連中の溜まり場っすからね。

生ぬるい人生の代償は、しっかり払ってもらわないといけなかった。だってそうでしょ？ 普通ならそこで命がなくなってたわけだし。「てめえたちの命は、なくなりました。新しい命をどう使おうと私の勝手です。という理屈なわけだす」って。へへへ。わかるかな。『ＧＡＮＴＺ』ネタね。

――失礼。ゲームには詳しくなくて……。

『ＧＡＮＴＺ』は漫画ね。映画にもなったけど。

――話を戻しますね。つまり、あなたが深淵と呼ぶその場所には……、

アビス・ダンジョンでもいいっすよ。実際、あれの作り方は〝ダンジョン〟と一緒だし。

――その、アビス・ダンジョンには、今も死んだ〝プレイヤー〟たちがいる。

はい。

――彼らを解放してあげないのですか？

解放？ そりゃ無茶な話だ。そもそも彼らには、その気がないんだから。

勘違いしてもらうと困るんすけど、俺は決して、彼らを捕まえているわけじゃないんすよ。

アビスの中は、楽園なんす。

彼らはそこで、幸せに暮らす。俺は彼らから、ちょちょいっと養分をいただく。いわば、Ｗｉｎ

――Winの関係ってこと。わかるでしょ？

――しかし彼らには、人類の守護者たる義務があるのでは？

そんな義務、だれが決めたんすか？

誰が、他人より自分の幸せを優先しちゃいけないって決めたんすか？

あそこにいる人たちはみんな幸せっすよ。

当然です。国民の幸福を実現してこその〝王〟っすからね。

ひひひ。ひひひひ。ひひひははは。

――なるほど。（予定していた時間が迫っていることに気づいて）では、そろそろ。

あ、もう終わり？　もう聞きたいこと、ない？

――そういうわけではありませんが……とにかく、本日はここまでで結構です。どうもありがとうございました。

そう。わかった。ええと、そのICレコーダーだよね。このインタビュー記録って。

――え？

これ、もらっとくっす。

――何を……？　返してください。

安心して。これはちゃーんと〝中央府〟に送っておくから。あんたの仕事は無駄にならないよ。

――は？

今どき、運送業者もないけど。知り合いのツテがあってさ。約束した、インタビューに答えるって契約はちゃーんと守るよ。

——あの……すいません、どういう意味ですか？

実はね、俺、あんたのこと、ちょっと気に入っちまって。

あんたはここで暮らしてもらいますんで。よろしく。

——冗談、ですよね？

そんなわけないだろ。王様には、そうしてもいい権利がある。誰よりも自由に、国民の幸福を最大にするための権利だ。ぶっちゃけ、あんただって覚悟の上だったんじゃないか？　もう戻れないってさ。だから、他の取材班をみーんな、昨夜のうちに逃がしたんだろ。俺が作り直したアキバを見て、すっかりビビり上がったかい。

——離して、……ちょっと、離してください！　誰か！　誰かーっ！

へへへへっ。助けが来ると思ってる？　あんたは今、誰の国にいると思ってるんだ？　ちなみにお仲間はいまごろ、俺の兵隊に首を刎ねられてますよ。

ひひひ。へっへっへっ。はははははははははは。

【音声はここで途切れている。】

津田夕也（つだ・ゆうや）

大阪府出身。2012年、第14回エンターブレインえんため大賞特別賞を受賞し、『《名称未設定》Struggle1：パンドラの箱』『《名称未設定》Struggle2：彼女の望む世界』（ともにファミ通文庫）を発表。さらに小説投稿サイト「小説家になろう」では現在、蒼蟲夕也名義にて精力的に活動中。ほかの著作に『人なき世界を、魔女と京都へ。』（ファミ通文庫）などがある。

レジェンドノベルス
LEGEND NOVELS

JK無双（ジェイケーむそう） 3 終わる世界の救い方（おわるせかいのすくいかた）

2020年4月6日　第1刷発行

［著者］津田夕也（つだゆうや）
［装画］あきま
［装幀］安斎　秀（ベイブリッジ・スタジオ）

［発行者］渡瀬昌彦
［発行所］株式会社 講談社
〒112-8001 東京都文京区音羽2-12-21
電話 ［出版］03-5395-3433
［販売］03-5395-5817
［業務］03-5395-3615

［本文データ制作］講談社デジタル製作
［印刷所］凸版印刷 株式会社
［製本所］株式会社 若林製本工場

N.D.C.913 314p 20cm ISBN 978-4-06-519573-4

そんじゃーまー
救ってみましょうかね
世界。

4F
24h
3F
MYNZ
インターネット
コミックカフェ

レジェンドノベルス
LEGEND
NOVELS